AF202792

Tucholsky   Wagner   Zola   Scott   Sydow   Schlegel
    Turgenev   Wallace   Fonatne   Freud
        Twain   Walther von der Vogelweide   Fouqué   Friedrich II. von Preußen
                          Weber   Freiligrath   Frey
Fechner   Fichte   Weiße Rose   von Fallersleben   Kant   Ernst   Frommel
                                                         Hölderlin   Richthofen
        Engels   Fielding   Eichendorff   Tacitus   Dumas
    Fehrs   Faber   Flaubert
                 Maximilian I. von Habsburg   Fock   Eliasberg   Ebner Eschenbach
    Feuerbach   Ewald   Eliot   Zweig
            Goethe   Elisabeth von Österreich   London   Vergil
Mendelssohn   Balzac   Shakespeare   Dostojewski   Ganghofer
        Trackl   Lichtenberg   Rathenau   Doyle   Gjellerup
                Stevenson   Hambruch
Mommsen   Thoma   Tolstoi   Lenz   Hanrieder   Droste-Hülshoff
                              von Arnim
Dach   Verne   Hägele   Hauff   Humboldt
        Reuter   Rousseau   Hagen   Hauptmann
    Karrillon   Garschin   Gautier
            Damaschke   Defoe   Hebbel   Baudelaire
                          Descartes   Hegel   Kussmaul   Herder
Wolfram von Eschenbach   Dickens   Schopenhauer   Rilke   George
        Bronner   Darwin   Melville   Grimm Jerome   Bebel
        Campe   Horváth   Aristoteles   Proust
Bismarck   Vigny   Barlach   Voltaire   Federer   Herodot
                       Gengenbach   Heine
    Storm   Casanova   Tersteegen   Gilm   Grillparzer   Georgy
            Chamberlain   Lessing   Langbein   Gryphius
Brentano   Lafontaine
    Strachwitz   Claudius   Schiller   Kralik   Iffland Sokrates
            Katharina II. von Rußland   Bellamy   Schilling
                                      Gerstäcker   Raabe   Gibbon   Tschechow
Löns   Hesse   Hoffmann   Gogol   Wilde   Vulpius
    Luther   Heym   Hofmannsthal   Klee   Hölty   Morgenstern   Gleim
        Roth   Heyse   Klopstock   Kleist   Goedicke
Luxemburg   Puschkin   Homer
            La Roche   Horaz   Mörike   Musil
    Machiavelli   Kierkegaard   Kraft   Kraus
Navarra   Aurel   Musset   Moltke
                     Lamprecht   Kind   Kirchhoff   Hugo
    Nestroy   Marie de France   Liebknecht
    Nietzsche   Nansen   Laotse   Ipsen
            Marx   Lassalle   Gorki   Klett   Ringelnatz
von Ossietzky   May   Leibniz
                     vom Stein   Lawrence   Irving
Petalozzi   Knigge
        Platon   Pückler   Michelangelo   Kafka
    Sachs   Poe   Liebermann   Kock
        de Sade   Praetorius   Mistral   Zetkin   Korolenko

Zwischen sieben und zwölf Uhr

Anne Katherine Green

Impressum

Autor: Anne Katherine Green
Übersetzung: Margarete Jacobi
Umschlagkonzept: toepferschumann, Berlin

Verlag: tredition GmbH, Hamburg
ISBN: 978-3-8472-3579-8
Printed in Germany

Text der Originalausgabe

Anne Katherine Green

Zwischen sieben und zwölf Uhr

Detektiv Gryce Serie

Von Inspektor Byrd erzählt.

Clarke!

Hier!

Schon wieder ist durch ein Fenster im zweiten Stock eingestiegen worden! Man will auf der Stelle einen Geheimpolizisten haben. Gehen Sie nur schleunigst hin – Ost, dreiundsiebzigste Straße.

Ganz gut.

Clarke schickte sich zum Fortgehen an; im nächsten Augenblick jedoch hörte ich, wie Herr Gryce ihn zurückrief.

Es ist bei Herrn Winchester, wissen Sie; bei dem Bankier.

Clarke nickte und setzte sich wieder in Bewegung; allein ein unterdrückter Ausruf seines Chefs hielt ihn nochmals zurück.

Ich habe mich anders besonnen, sagte Gryce, den Papierstreifen zusammenfaltend, den er in der Hand hatte. Sie können sehen, was Halley für Sie zu tun hat. Ich will diese Sache in die Hand nehmen. Und indem er mir einen Blick zuwarf, der eine Aufforderung bedeutete, flüsterte er mir ins Ohr: Diese Notiz war von Herrn Winchesters eigener Hand und am Schlusse noch in aller Eile beigefügt: »Halten Sie die Sache geheim; schicken Sie Ihren verschwiegensten Mann«. Das weist auf etwas mehr hin, als auf einen gewöhnlichen Diebstahl.

Ich nickte, und damit war die Angelegenheit in meine Hände gelegt. Während ich zur Tür hinaustrat, kam einer meiner Kollegen eiligst herein.

Man hat sie, rief er.

Wen? ertönte es aus mehr als einem Munde.

Die Burschen, die im zweiten Stock durchs Fenster eingestiegen sind und ihren Fang gemacht haben, stets zur Zeit, wo die Familie bei Tische saß.

Ich hielt inne.

Wo habt ihr sie gefaßt? fragte ich.

In der zweiundzwanzigsten Straße.

Heute abend?

Es sind noch keine zwei Stunden her.

Ich blickte Herrn Gryce an. Er zog die Augenbrauen in eigentümlicher Weise hinauf, was ich mit einem kurzen Lächeln erwiderte. Im nächsten Augenblick befand ich mich auf der Straße.

Auf mein erstes Klingeln an dem mir bezeichneten Hause erschien Herr Winchester selbst. Er schien über meinen Anblick nicht erfreut zu sein; seine Züge erheiterten sich jedoch sofort, als ich ihm mit den Worten:»Sie haben nach einem Detektiv geschickt,« ruhig meinen Ausweis vorzeigte.

Allerdings, murmelte er; allein ich erwartete nicht – hier stockte er. Dieses Verhalten war mir nichts Neues; ich sehe eben offenbar nicht wie ein gewöhnlicher Detektiv aus. Ihr Name? fragte er, während er mich in ein kleines Empfangszimmer treten ließ.

Byrd, antwortete ich, und während ich den Ausdruck der Befriedigung, der über seine Züge glitt, da er mit einer raschen, aber scharfen Prüfung meines Gesichts und meiner Erscheinung zu Ende war, als ein Kompliment für mich auffaßte, richtete ich meinerseits auf ihn einen achtungsvollen aber ernst fragenden Blick.

Es ist hier ein Diebstahl begangen worden? fing ich an.

Er nickte, und ein Ausdruck der Sorge trat an die Stelle der Freundlichkeit, die soeben noch seine etwas finsteren Züge so angenehm erhellt hatte. Fünfundzwanzigtausend Dollars an Wert, flüsterte er hastig, die Diamanten meiner Frau.

Ich stutzte; nicht sowohl über die Art und den Wert des entwendeten Gegenstands, als über die nicht wiederzugebende Art, in welcher der begüterte und einflußreiche Börsenmakler und Bankier diese Mitteilung machte. Wäre ihm all sein Geld genommen worden, sein Auge hätte sich nicht in finsterere Schatten hüllen können; und wären dabei noch sein persönlicher Stolz und seine Gefühle tief verletzt worden, er hätte seinem Ausdruck keine größere Schärfe zu verleihen vermocht, so sehr er sich auch bemühte, ihm einen geschäftsmäßigen Klang zu geben.

Ein schwerer Verlust, bemerkte ich. Wollen Sie mir die Einzelheiten des Vorfalls angeben, soweit sie Ihnen bekannt sind?

Er schüttelte den Kopf und machte eine leichte Handbewegung gegen die Treppe hin.

Ich möchte lieber, daß Sie diese aus den Erkundigungen entnehmen, die Sie nun anstellen werden, versetzte er. Meine Frau wird Ihnen sagen, was sie weiß, und außerdem ist ein Dienstmädchen da oder zwei, die vielleicht Angaben machen können. Ich möchte sonst mit niemand darüber sprechen, fügte er bei, während die Falte über seinen Brauen sich noch vertiefte, wenigstens jetzt nicht. Nur, und hier wurde seine Betonung ganz besonders eindringlich, merken Sie sich folgendes: Diese Diamanten müssen sich binnen achtundvierzig Stunden finden, einerlei, wer durch feste und entschiedene Verfolgung ihrer Spur leidet, oder was für Folgen sich daran knüpfen. Ich gedenke vor nichts Halt zu machen, wo es gilt, sie innerhalb der erwähnten Frist zurückzubekommen, und erwarte dasselbe von Ihnen. Sind sie bis Donnerstag abend zur Stelle – dabei zitterte die Hand, die er ausgestreckt hielt und an der sich die Finger krampfhaft zusammenkrümmten, sichtlich vor innerer Erregung – so erhalten Sie Freitag nachmittag von mir fünfhundert Dollars. Sind sie zur Stelle ohne Lärm, Aufsehen oder, dabei ließ er die Stimme noch mehr sinken, Belästigung für meine Frau, so werde ich die Summe auf tausend erhöhen. Ist das nicht anständig? schloß er, indem er einen leichteren Ton anzuschlagen versuchte, jedoch nicht eben mit besonderem Erfolg.

Sehr anständig, war meine kurze, aber ehrerbietige Entgegnung. Mein Interesse für den Fall war nun genügend geweckt, und ich wandte mich bereits der Türe zu, als er mich zurückhielt.

Noch einen Augenblick, sagte er. Ich habe mich bemüht, Ihr Urteil nicht durch meine eigenen Mutmaßungen oder Schlüsse zu beeinflussen. Aber wenn Sie die Sache untersucht haben und Sie zu irgendeiner festen Auffassung gelangt sind, möchte ich gerne etwas von Ihnen hören.

Ich werde mir ein Vergnügen daraus machen, meine Beobachtungen mit Ihnen zu besprechen, war meine Entgegnung, und da ich sah, daß er keine weiteren Bemerkungen zu machen habe, so schickte ich mich an, ihn nach oben zu begleiten.

Das Haus war prachtvoll ausgestattet und das Treppenhaus nicht am wenigsten. Im Hinaufgehen ruhte der Blick allenthalben auf den reichsten Holzschnitzarbeiten und Tapetenmustern. Auch an blinkendem Metall war kein Mangel, das durch tiefrote Glasscheiben fallendes Licht in üppige Glut getaucht wurde. Oben befand sich eine viereckige Diele, mit Divans ausgestattet und dicht mit Teppichen belegt. An einer Seite verhüllte eine halbzugezogene Portiere den Eingang zu einer Reihe von Räumen, die ebenso glänzend eingerichtet waren, wie das ganze übrige Haus, während sich an der andern eine geschlossene Tür befand, auf welche Herr Winchester zuschritt. Ich folgte ihm eilig, als ein junger Mann, der von oben herabkam, uns begegnete. Herr Winchester wandte sich sogleich um.

Gehst du aus? fragte er den jungen Mann in einem Tone, dem es zwar an verwandtschaftlicher Herzlichkeit fehlte, der aber doch die väterliche Autorität erkennen ließ.

Der stattliche, hübsche junge Mann hielt in einer eigentümlichen, zögernden Weise inne.

Und du? entgegnete er, indem er meine Gegenwart absichtlich übersah oder sie vielleicht auch wirklich nicht bemerkte, da ich mehrere Schritte von ihm entfernt und etwas im Schatten stand.

Wir müssen uns bei Smiths auf einige Augenblicke zeigen, gab Herr Winchester zurück.

Nein, ich gehe nicht aus, erklärte der junge Mann und begab sich nun wieder die Treppe hinauf.

Herrn Winchesters Auge folgte ihm. Nur auf einen Augenblick; aber für mich, gewohnt wie ich es bin, auch die kleinsten Einzelheiten in Wesen und Ausdrucksweise der Menschen zu beachten, lag in diesem Blick eine Sprache, die der Mutmaßung ein weites Feld eröffnete.

Ihr Sohn? forschte ich, näher zu ihm tretend.

Meiner Gattin Sohn, erwiderte er; und ohne mir Gelegenheit zu einer weiteren Frage zu lassen, öffnete er die vor ihm befindliche Tür und ließ mich eintreten.

Eine hochgewachsene elegante Frau mittleren Alters saß vor dem Spiegel und ließ eben von einem jungen weiblichen Wesen, das neben ihr auf dem Boden kniete, die letzte Hand anlegen an ihre reiche Toilette. Ein auffallendes Bild, und zwar nicht vermöge der Umgebung von Reichtum und Glanz, die sich ringsum bemerklich machte, sondern durch das Gepräge der beiden Gesichter, welche, obwohl von durchaus verschiedener Art und vielleicht den zwei entgegengesetzten Grenzgebieten der Gesellschaft angehörig, doch beide mehr durch die Stärke und Besonderheit ihres Ausdrucks auffielen, als durch den Zug von Unruhe und unterdrückter Besorgnis, der sie beide als im Banne eines einzigen, tiefen, finstern Gedankens stehend erscheinen ließ.

Die Jüngere bemerkte uns zuerst und erhob sich. Trotz ihrer niederen Stellung und trotz der Unterwürfigkeit, mit der sie ihrer Umgebung zu begegnen gewohnt war, lag in ihren Bewegungen die größte Anmut und ein gewisser Liebreiz in ihrem ganzen Wesen, Eigenschaften, die den Blick unwillkürlich zwangen, ihr zu folgen. Ich gestattete mir übrigens nicht lange dieses Vergnügen, denn im nächsten Augenblick hatte Frau Winchester unsere Gestalten im Spiegel erblickt, worauf sie sich mit einer gewissen kalten Hoheit erhob, die zu ihrer bedeutenden Gestalt und ihrer auffallenden, wenngleich reifen Schönheit trefflich stimmten, und langsamen Schrittes, voll Ruhe und sicherer Bestimmtheit, uns entgegentrat. Mochten *ihre* Empfindungen sein, welche sie immer wollten, so waren sie jedenfalls frei von der Heftigkeit und Schärfe, welche die ihres Gatten kennzeichneten. Aber waren sie weniger stark? Auf den ersten Blick kam es mir nicht so vor, beim zweiten war ich im Zweifel. Frau Winchester war mir bereits ein Rätsel.

Millicent – so redete ihr Gatte sie an – erlaube mir, dir hier einen jungen Mann von der Geheimpolizei vorzustellen. Sollen die Diamanten wieder zur Stelle geschafft werden, bevor die Woche um ist, so ist er der Mann dazu. Ich bitte dich, tue, was du kannst, um ihm die Orientierung über den Vorfall zu erleichtern. Er wünscht vielleicht mit den Dienstmädchen und mit – hier schweifte sein Blick zu dem jungen Mädchen hinüber, das, wie mir vorkam, unter seiner prüfenden Schärfe erbleichte – Philippa zu sprechen.

Philippa weiß nichts, schien der gleichgültige Seitenblick der Dame zu sagen; ihre Lippen bewegten sich jedoch nicht, auch sprach sie kein Wort, ehe er das Zimmer verlassen und die Türe hinter sich geschlossen hatte. Nun wandte sie sich mir zu und richtete auf mich zuerst einen gleichgültigen und dann einen aufmerksamen, forschenden Blick.

Man hat Ihnen gesagt, wie ich um meine Diamanten gekommen bin, bemerkte sie endlich.

Man erzählte auf dem Bureau, es sei jemand durch ein Fenster im zweiten Stock eingestiegen, solange Sie bei Tische waren.

Nicht bei Tische, verbesserte sie in wichtigem Tone. Ich lasse meine Schmuckschatulle nicht offen dastehen, wenn ich zu Tische nach unten gehe. Ich war dort im Empfangszimmer – Herr Winchester hatte mir sagen lassen, er wünsche mich auf einen Augenblick zu sehen – und da ich im Begriffe war, zu einer Abendgesellschaft zu gehen, so lagen meine Diamanten in ihrem Etui auf dem Kaminsims. Als ich zurückkam, stand das Etui wohl noch da, aber es waren keine Steine mehr darin, Sie waren während meiner Abwesenheit entwendet worden.

Ich blickte nach dem Kaminrand. Dort stand der offene Schmuckbehälter. Was brachte Sie auf den Gedanken, daß ein gewerbsmäßiger Dieb die Steine gestohlen habe? fragte ich, während mein Blick auf die Angeredete gerichtet war, meine Ohren dagegen das rasche, unwillkürliche Einziehen des Atems auffingen, welches das junge Mädchen bei dem letzten Satze ihrer Herrin hören ließ.

Das Fenster war offen; als ich wegging, war es geschlossen gewesen; und auf dem Pflaster unten vernahm man das Geräusch rasch sich entfernender Schritte. Ich hatte gerade noch Zeit, die Gestalten zweier Männer zu unterscheiden, die die Straße hinuntereilten. Sie wissen, daß in letzter Zeit eine Reihe von Diebstählen dieser Art vorgekommen ist.

Ich verbeugte mich, denn ihr herrisches Wesen schien dies schlechterdings zu fordern. Dann blickte ich auf Philippa. Sie stand mit halb abgewandtem Gesicht da und machte sich mit irgend etwas auf dem Tische zu schaffen; allein ihre anscheinende Gleichgültigkeit war erzwungen, und ihre Hand zitterte dergestalt, daß sie den Gegenstand, mit dem sie spielte, schnell fallen ließ und sich so drehte, daß sie ihn sowohl wie ihr Gesicht meinem Blick entzog.

Ich merkte mir dies und wandte meine Aufmerksamkeit wieder Frau Winchester zu.

Um welche Zeit war das? forschte ich.

Um sieben Uhr.

Spät für einen Diebstahl dieser Art.

Eine plötzliche tiefe Röte flammte auf der Wange der Dame auf.

Er war aber trotzdem von Erfolg begleitet, bemerkte sie.

Ohne mich um ihren Aerger zu kümmern, der seinen Grund in ihrem Hochmut und in der Empörung über meine kritisierende Bemerkung haben mochte, setzte ich meine Nachforschungen fort.

Und wie lange denken Sie, daß Sie unten geblieben sind, gnädige Frau?

So ungefähr fünf Minuten; sicherlich keine zehn.

Und das Fenster war geschlossen, als Sie das Zimmer verließen, und offen, als Sie zurückkamen?

Wie ich Ihnen sagte.

Ich blickte nach den Fenstern, Sie waren jetzt beide geschlossen und die Läden hinaufgezogen.

Darf ich bitten, mir zu zeigen, welches Fenster es war und wie weit es offenstand? fragte ich.

Es war das Fenster über dem Hauseingang und stand halb offen.

Ich trat sofort zu diesem Fenster.

Und der Laden? fragte ich, mich umwendend.

War – war herunter.

Sind Sie dessen ganz sicher, gnädige Frau?

Vollkommen. An dem Geräusch, das er machte, als ich die Tür öffnete, bemerkte ich, daß das Fenster offenstand.

So fiel Ihr erster Blick nicht auf den Kaminsims?

Nein, aber gleich mein zweiter, lautete die kalte Antwort. –

Diese große Dame hatte an ihrer Eigenschaft als Zeugin sichtlich keine Freude, trotz des schweren Verlustes, den sie erlitten, und trotz des Umstandes, daß die angestellte Untersuchung lediglich ihren Vorteil bezweckte. Ich durfte mich durch ihr Verhalten nicht abschrecken lassen, denn es war ein Verdacht in mir aufgestiegen, der mir die Ausdrucksweise und das Verhalten der Dame einigermaßen erklärlich erscheinen ließ.

Gnädige Frau, bemerkte ich, Ihr Verlust ist sehr groß, und es bedarf der raschesten und tatkräftigsten Anstrengungen seitens der Polizei, um ihn nicht zu einem bleibenden werden zu lassen. Ist es Ihnen nicht besonders aufgefallen – dabei schaute ich fest auf das junge Mädchen, das ich durch eine Veränderung meiner Stellung wieder in den Bereich meiner Blicke gebracht hatte – wie Gelegenheitsdiebe, die in solch gefährlicher und bemerkbarer Weise zu Werke gingen, gerade den richtigen Augenblick wissen konnten, um den gewagten Versuch zu machen, der so günstig für sie ausfiel? Diese Diebstähle, welche, wie Sie sagen, in letzter Zeit so häufig vorkamen, geschahen bis jetzt alle zu einer Zeit, wo man annehmen konnte, daß die Familie sich bei Tische befinde, während dieser sich gerade zu einer Stunde abspielte, wo man die Familie vernünftigerweise oben vermuten mußte. Außerdem brannte doch das Gas in diesem Zimmer, nicht wahr?

Jawohl.

So daß der Dieb, bis er das Vordach über dem Eingang erklettert hatte und in das Zimmer eingestiegen war, allen Grund zu der Annahme hatte, es befinde sich jemand darin, wofern er nicht irgendwie vom Gegenteil Kenntnis erhalten hatte?

Die Augen der Dame öffneten sich weit, und ein leichtes, spöttisches Lächeln trat auf ihre Lippen; aber ich beobachtete in diesem Augenblick nicht sie, sondern die junge Philippa.

Trotz ihrer offensichtlich untergebenen Stellung und ungeachtet ihrer augenblicklichen Gemütsverfassung, die ihr eher zur Zurückhaltung Anlaß gab, machte sie bei meinen Worten einen Schritt vorwärts, und ihr Mund öffnete sich, als wollte sie ein Wort in das Gespräch hineinwerfen. Ihre Miene zeigte in diesem Moment keine Spur ihrer früheren Unterwürfigkeit und Gleichgültigkeit mehr. Allein ein Augenblick der Ueberlegung genügte, um ihren leidenschaftlichen Anlauf zu dämpfen und unmittelbar darauf schlüpfte sie leise zum Zimmer hinaus, als ich mich zu Frau Winchester hinneigte und flüsterte:

Ersuchen Sie das Mädchen, draußen auf dem Vorplatz zu warten und veranlassen Sie sie, die Tür offen zu lassen! Ich habe keine Lust, irgend jemand, der meine letzte Bemerkung mit angehört hat, aus den Augen zu lassen, er mag so vertrauenswürdig sein als er will.

Frau Winchester schien überrascht und blickte mich mit einem Ausdruck an, wie sie ihn etwa gezeigt haben würde, falls ich sie gebeten hätte, eine Maus am Entschlüpfen aus unserer Sitzung zu verhindern.

Doch erfüllte sie meine Bitte und zwar in einer kalten, befehlenden Weise, welche bewies, daß, so brauchbar sie auch die gewandte, anmutige Zofe fand, sie doch keine wirkliche Zuneigung und keinerlei Teilnahme für dieselbe fühlte, außer soweit sie der Wertschätzung ihrer Dienste entsprang. War dies Frau Winchesters oder Philippas Schuld? Ich hatte keine Zeit, mir darüber ein Urteil zu bilden. Der Fügsamkeit der letzteren war vielleicht nicht allzuweit zu trauen, besonders wenn, wie ich vermutete, zwischen ihr und den Juwelendieben irgendeine Verbindung bestand; und so mußte ich denn, solange sie sich noch unter meinen Augen befand, die durch den Ernst der Lage offenbar gebotene Frage stellen:

Frau Winchester, halten Sie irgend jemand hier im Hause einer Verbindung mit den Dieben für fähig?

Die Frage wirkte verblüffend auf sie; sie stutzte, und die Röte erschien wieder auf ihrer Wange. Ich verstehe Sie nicht, begann sie; dann jedoch rief sie, rasch ihre Selbstbeherrschung wieder gewinnend, leise aber ausdrucksvoll: Nein, wie könnte ich an so etwas denken? Es ist das Werk gewerbsmäßiger Diebe und zwar ganz ausschließlich solcher.

Wer ist dieses Mädchen? fragte ich.

Philippa, mein Kammermädchen, antwortete sie ohne die leiseste Andeutung, als verstünde oder gar als teilte sie den Verdacht, den ich durch meine ziemlich deutliche Frage vielleicht allzu stark kundgegeben zu haben fürchtete. Oder vielmehr, verbesserte sie sich mit einem leichten Anflug von Spott, sie ist, was man gemeinhin eine »Gesellschafterin« nennt; sie besitzt nämlich genügend Bildung, um mir vorzulesen, falls ich gerade aufgelegt bin zuzuhören, oder um Klavier zu spielen, wenn im Hause Musik gewünscht wird.

Die kalte Gleichgültigkeit dieser Antwort zeigte, daß Frau Winchester mehr vornehme Manieren als Gemüt besaß; allein da dies meine unangenehme Aufgabe nur erleichterte, so wäre es unhöflich gewesen, mich darüber aufzuhalten.

Wie lange ist sie schon bei Ihnen? fuhr ich fort.

O, ein Jahr, vielleicht noch länger.

Und kennen Sie sie genau; ihre Vergangenheit, ihren Umgang?

Ja, ich kenne sie, soweit es da etwas zu kennen gibt. Es steckt nichts Bedeutendes hinter ihr; lassen wir sie aus dem Spiele.

18

Im Augenblick, erwiderte ich; in einem Fall wie dem vorliegenden muß ich mich vollständig über Charakter und Vergangenheit aller Hausgenossen unterrichten. Philippa habe ich gesehen, darum richten sich naturgemäß meine Nachforschungen zuvörderst auf sie. Bei wem wohnte sie, ehe sie zu Ihnen kam, und wo bringt sie ihre Zeit zu, wenn sie nicht bei Ihnen im Hause ist?

Frau Winchester wurde sichtlich ungeduldig. Torheiten, rief sie, fuhr aber dann, aus Angst vor einem erneuten Ansturm meiner Aufdringlichkeit, eiligst fort: Philippa ist die Tochter des Geistlichen, der mich meinem Gatten antraute. Ich kenne sie von jeher. Sie kam von ihres Vaters Sterbebett weg zu mir ins Haus. Umgang hat sie keinen, und die Zeit, die sie außerhalb meines Zimmers zubringt, ist so geringfügig, daß es wohl kaum die Frage verlohnen wird, wie und wo sie diese zubringt. Haben Sie etwa sonst noch irgendwelche Fragen zu stellen?

Allerdings hatte ich solche, doch behielt ich sie mir für später vor. Wollen Sie mich mit Philippa sprechen lassen? fragte ich.

Sie machte hierauf eine Gebärde äußerster Geringschätzung, die jedoch eine Zustimmung in sich schloß, von der ich mich beeilte, Gebrauch zu machen. Rasch schritt ich nach dem Vorplatz auf die zarte Erscheinung zu, die ich während dieses Gesprächs stets geflissentlich im Auge behalten hatte. Allein bei dem ersten Schritt, den ich auf sie zu machte, stutzte das junge Mädchen, und ehe ich sie anzureden vermochte, war sie durch die Türöffnung des gegenüberliegenden Zimmers getreten und dahinter in der Dunkelheit verschwunden.

Sofort begab ich mich zu der Frau vom Hause zurück.

Stehen jene Zimmer dort in Verbindung mit einer Hintertreppe? forschte ich.

Jawohl, gab sie mit unerschütterlicher Kälte zurück.

Ich war also angeführt, wenigstens soweit es Philippa anging. Ich fand mich übrigens so gut als möglich in die Sachlage, und nachdem ich Frau Winchester durch eine Verbeugung meinen Dank ausgedrückt hatte, entschuldigte ich mich für einen Augenblick bei ihr und begab mich schleunigst in den unteren Stock.

Hier fand ich ihren Gatten, der mich mit schlecht verhehlter Unruhe erwartete.

Nun? fragte er bei meinem Wiedererscheinen.

Ich bin zu einem Schluß gekommen, sagte ich.

Er zog mich in eine entfernte Ecke des Zimmers, von wo aus er, ohne daß unser Gespräch behorcht werden konnte, durch die halboffene Tür das Treppenhaus im Auge zu behalten imstande war.

Lassen Sie mich hören! sagte er.

Ich sprach sofort meine Ansicht aus.

Es war kein Gelegenheitsdiebstahl. Der Dieb wußte nicht nur, daß es Diamanten in Ihrem Hause gab, sondern auch, wo und wann solche zu finden waren. Entweder wurde ihm ein Zeichen gegeben, zu welcher Zeit er herein könne, oder wurden ihm die Juwelen aus dem Fenster zugeworfen. Sind Sie nicht auch dieser Ueberzeugung?

Er lächelte nur grimmig vor sich hin, ohne sich auf die Frage einzulassen.

Und wer glauben Sie, daß das Zeichen gab oder die Diamanten hinauswarf? Nennen Sie Namen ohne Scheu; der Fall ist zu ernst, um lange Umschweife zu machen.

Nun, sagte ich, ich war nur wenige Minuten hier im Hause und habe darin außer Ihnen nur drei Personen gesehen. Ich möchte doch nicht gerne jemand als Teilnehmer an einer so frechen Untat bezeichnen, ehe ich alle Bewohner des Hauses gesehen und gesprochen habe. Doch ist oben ein junges Mädchen; Sie selbst haben mich auf sie aufmerksam gemacht; ich möchte gerne in bezug auf sie eine oder zwei Fragen stellen. Ich meine Philippa, Frau Winchesters Gesellschafterin.

Er richtete einen erwartungsvollen Blick auf mich.

Gefällt sie Ihnen? Haben Sie Zutrauen zu ihr? Ist sie eine Person, auf die man sich verlassen kann? forschte ich.

Sein Blick wurde förmlich strahlend, und er nickte in einer Weise, die beinahe Hochachtung ausdrückte.

Die beste Zeugin, die Sie finden konnten, bemerkte er.

Die Antwort kam mir so unerwartet, daß ich schnell den Blick senkte.

Sie wird also sprechen, wenn ich sie frage? sagte ich.

Nun kam die Reihe an ihn, verblüfft dreinzuschauen.

So haben Sie es noch nicht getan? fragte er.

Ich habe noch keine Gelegenheit dazu gehabt, versetzte ich.

Ach, rief er, ich sehe schon. Und mit einem Blick und einem Ausdruck, die sich schwer beschreiben lassen, fügte er bei: Frau Winchester hielt natürlich hinter dem Berge mit dem Mädchen. Ich hätte das erwarten können.

Erstaunt über diese neue Wendung wagte ich es, den Gedanken auszusprechen, den eine so auffallende Einräumung nahelegte.

Und warum sollte Frau Winchester irgendein Zeugnis zu unterdrücken wünschen, von dem sich annehmen läßt, daß es zur Entdeckung des Diebes führen werde, der sie so schwer geschädigt hat? – Der Schimmer von Befriedigung, der in den letzten Paar Augenblicken die Züge meines Gegenübers erhellt hatte, schwand zusehends.

Ich sehe, bemerkte er, daß unsere Anschauungen in dieser Angelegenheit sich weniger in Übereinstimmung befinden, als ich vermutete. Doch, fuhr er herzlicher fort, Sie sind, wie Sie soeben sehr richtig bemerkt haben, erst seit wenigen Minuten im Hause und haben noch nicht hinreichend Gelegenheit gehabt, sich über die tatsächlichen Verhältnisse zu unterrichten. Ich will warten, bis Sie mit Philippa gesprochen haben. Soll ich sie hierher kommen lassen?

Tun Sie das, drängte ich, sie wird wohl unten sein; doch vielleicht könnte sie sich auch noch oben befinden. Sodann teilte ich ihm mit, wie sie bei meiner Annäherung sich davongemacht und in Räumlichkeiten versteckt hatte, zu denen ich meinem Gefühl nach keinen Zutritt beanspruchen konnte.

Er runzelte die Stirn und schritt eilig auf die Türe zu; auf halbem Weg hielt er jedoch inne, um noch eine Frage an mich zu richten.

Ehe ich gehe, sagte er, möchte ich gerne fragen, welche Bemerkung meiner Frau Sie zu dem Schluß veranlaßte, daß der Diebstahl von irgend jemand im Hause verübt worden sei?

Warten Sie! rief ich, Sie gehen zu rasch voran; ich sage nicht, der Diebstahl sei von einem Hausgenossen verübt worden, ich spreche nur von einem Helfershelfer.

Der die Steine zum Fenster hinauswarf –

Oder auch nur ein Zeichen gab, daß sie erreichbar und augenblicklich unbewacht seien.

Er machte eine ungeduldige Handbewegung.

Wir wollen keine Zeit verlieren, rief er. Ich möchte wissen, was Frau Winchester sagte.

Sie sagte nichts, unterbrach ich ihn – denn ich war nicht minder in Eile als er, – das heißt, nichts außer dem notwendigen Bericht über die Tatsachen.

Und diese waren?

Daß die Juwelen offen in ihrem Etui auf dem Kaminsims lagen, daß Sie Ihre Frau Gemahlin von unten rufen ließen, worauf sie sich beeilte, Folge zu leisten; daß sie etwa fünf Minuten fort war und bei ihrer Rückkehr das Fenster offenstand und die Diamanten weg waren. Da das Fenster bei ihrem Weggange geschlossen gewesen war, so eilte sie natürlicherweise sofort an dasselbe und schaute hinaus, wobei sie gerade noch zwei Männer die Straße hinunterlaufen sah. Gewiß sind Ihnen diese Tatsachen ebenso wohl bekannt wie mir.

Ich war nur neugierig, erwiderte er. Diese Tatsachen haben Sie also erfahren und aus ihnen allein haben Sie den vorhin ausgesprochenen Schluß gezogen?

Nein, sagte ich; Philippa war auch zugegen.

Aber diese sprach ja nichts.

Freilich; aber sie brauchte auch nicht zu sprechen. Ich hörte ihr Herz schlagen, wenn ich mich so ausdrücken darf, und aus der Art, wie es schlug, schöpfte ich die Ueberzeugung, die ich Ihnen ausgesprochen habe.

Herr Winchester spendete mir ein beifälliges Lächeln.

Sie entsprechen völlig meinen Erwartungen, erklärte er dabei. Allerdings klopfte Philippa das Herz und zwar in höchst außergewöhnlicher Erregung. Philippa hatte den Mann gesehen, der Frau Winchester um ihre Diamanten erleichterte.

Was! rief ich, und Sie –

Er hörte meine Einwendung nicht bis zu Ende.

Jawohl, fuhr er fort; denn während Frau Winchester hier war, ehe sie sich wieder nach oben begab, sah ich Philippa hinaufgehen. Sie hatte gerade Zeit, die Treppe zu ersteigen, bis der Mann, dessen Schritt ich bereits oben auf dem Gange vernommen, den Vorplatz erreicht hatte.

Den Vorplatz? rief ich.

Jawohl. Können Sie sich auch nur einen Augenblick träumen lassen, der Dieb, der dieses kleine Vermögen stahl, sei durch das Fenster eingestiegen?

Herr Winchester, sagte ich, als ich die Station verließ, war ich einigermaßen im Zweifel, das gestehe ich, ob dieser Diebstahl gerade in der Weise ausgeführt worden sei, wie es nach Aussage des Ueberbringers Ihrer Anzeige geschehen sein sollte. Aber nachdem ich die Angaben vernommen, die Frau Winchester zu machen hatte –

Auf Frau Winchesters Bericht über diesen Vorfall darf man sich nicht verlassen, unterbrach er mich ruhig, aber entschieden. Soll ich Ihnen eine oder zwei Tatsachen anführen? Das Fenster, das meine Frau ihrer Versicherung zufolge bei ihrem Eintreffen offen fand, wurde nicht emporgeschoben, solange sie hier unten verweilte, sondern erst nachdem sie wieder fort war, denn ich hörte es. Der Schritt, der oben über den Gang ging, während wir hier zusammen redeten, entfernte sich nicht etwa durch ein Fenster, sondern durch die auf den Vorplatz führende Tür, so daß –

Herr Winchester, unterbrach ich ihn, bedenken Sie auch, wenn das wahr ist, was Sie sagen, daß die Diamanten vermutlich noch hier im Hause sich befinden?

Gewiß, nirgends anders, Herr Byrd, nirgends anders.

Ich bekam allmählich eine bestimmte Vorstellung von seinem Verdachte.

Und Philippa? warf ich ein.

Sah, was ich *hörte.*

Ich machte keinen weiteren Versuch, ihn zurückzuhalten. Lassen wir sie hieher kommen! rief ich. Wenn Ihre Annahme zutrifft, so sollte des Rätsels Lösung sich leicht finden lassen, so leicht, konnte ich nicht umhin beizufügen, daß ich mich über Ihr Bedürfnis wundere, nach einem Detektiv zu schicken.

Sie vergessen, daß ich nicht so sehr auf die Entdeckung des Diebes, als vielmehr auf die Wiedererlangung der Steine bedacht bin, bemerkte er. Das erstere hätte ich ohne Ihre Hilfe fertigbringen können, das letztere aber erfordert einen gesetzlichen Rückhalt. – Nun hielt er sich nur noch einen Augenblick auf, um mir einzuschärfen, die Haustüre gut zu beobachten, damit niemand aus dem Hause entkommen könne, solange er fort sei. Dann verließ er mich eiligst und begab sich nach oben.

Er blieb etwa zwanzig Minuten weg, während deren ich ihn im Zimmer seiner Frau aus- und eingehen hörte. Er kam jedoch allein zurück, und seine Miene, in der sich zuvor lediglich Besorgnis und Entschiedenheit ausgedrückt hatten, trug jetzt die Spuren von Aerger und Ungeduld.

Ich weiß nicht, was für Beweggründe das Mädchen bestimmen mögen, rief er, aber ich bin nicht imstande, Philippa zum Sprechen zu bringen. Sie beharrt darauf, sie habe nichts zu sagen.

Also haben Sie sie doch getroffen; ich fürchtete, sie möchte über die Hintertreppe entwischt sein.

Das wäre nicht gut möglich, versetzte er trocken. Ich habe die Türe zum hinteren Hausgang schon längst abschließen lassen.

Ich gab durch eine Verbeugung meiner Bewunderung für seine Umsicht Ausdruck.

Niemand kann aus dem oberen Stock in den unteren gelangen, außer durch die Türe, fuhr er fort; wie könnte ich sonst sicher sein, daß die Diamanten noch nicht aus dem Hause geschmuggelt wurden?

Und sind Sie ganz sicher, daß, so wie die Sachen liegen, sie noch darin sind? fragte ich nun.

Ganz sicher.

Und daß Philippa, obwohl sie nicht sprechen will, weiß, wer die Steine genommen hat, oder wenigstens wer das Zimmer oben betreten hat, solange Frau Winchester hier unten war?

Jawohl.

Dann, erklärte ich, ist unser Feld frei. Um die Diamanten zu finden, bedarf es nur einer Haussuchung, und was den Schuldigen betrifft, so wird es Philippa doch schwer werden, bei ihrem Schweigen zu verharren, wenn einmal das Gesetz seinen Lauf genommen hat, und Pflicht und Ehre sie gleichermaßen zum Sprechen drängen.

Er nickte und blieb dann einen Augenblick in Gedanken versunken stehen.

Sie wollen das Haus durchsuchen lassen? wiederholte er endlich. Es ist ein großes Haus, das eine Unzahl von Versteckplätzchen bildet; ich glaube nicht, daß wir auf diesem Wege zu den Steinen gelangen – wenigstens nicht innerhalb der erwähnten Zeit. Hören Sie meinen Plan! Ich habe vor, mit meiner Frau heute abend in eine Gesellschaft zu gehen. Es ist eine wichtige Gelegenheit, bei der wir nicht gut fehlen können. Wir wollen also hingehen, aber zuvor will ich im ganzen Hause ankündigen, daß Sie ein Detektiv sind, und sagen, daß Sie vorhaben, das Haus nach den fehlenden Juwelen zu durchsuchen, sobald Sie sich die nötige Unterstützung von Ihrer Behörde dazu verschafft haben. Das wird den Schuldigen aufschrecken und, wenn ich nicht ganz irre, dazu führen, daß irgend jemand im Hause suchen wird, es zu verlassen. Sollte sich dies bestätigen, so hindern Sie den Betreffenden nicht daran, er wird die Steine bei sich haben; und wenn Sie Vorsorge treffen, daß er verfolgt wird, müssen sie binnen einer oder zwei Stunden zur Stelle sein, denn ein Mensch ist leichter durchsucht als ein Haus.

Ein bewundernswerter Plan, rief ich aus, ganz erstaunt über solchen Scharfsinn, dessen ich mich bei dem reichen Makler gewiß nicht versehen hätte. Ich sehe nur eine schwache Seite dabei. Wenn Frau Winchester hört, daß das ganze Haus umgedreht werden soll, solange sie fort ist, wird sie dann noch in die Gesellschaft mitgehen wollen?

Meine Frau wird sich bereits in ihrem Wagen befinden, wenn ich die Ankündigung mache. Dafür werde ich schon sorgen.

Ganz gut also, sagte ich, dann bleibt für mich nichts mehr zu tun übrig, als mir von der Polizeistation den Mann zu verschaffen, den ich für die besprochene Verfolgung brauche.

Ach will auf meiner Fahrt in die Gesellschaft ein paar Zeilen von Ihnen dort abgeben.

Ich kritzelte zwei Namen auf eine Karte.

Einer der beiden wird Folge leisten, sagte ich. Er soll am nächsten Haus von hier Aufstellung nehmen und dann das Zeichen geben. Er wird es schon verstehen. Wird ihn der Täter vermutlich weit herumführen?

Das vermag ich ebensowenig zu wissen wie Sie. Ich habe keine Vorstellung davon, wohin der Dieb gehen wird, nachdem er das Haus verlassen hat. Irgend wohin, wo sich für seinen Raub ein günstiges Versteck bietet, natürlich; aber wohin, das hängt von der Zeit und der Gewandtheit seines Verfolgers ab.

Ich will diesem Verfolger nur noch mit ein paar weiteren Worten Vorsicht einschärfen, sagte ich. Damit nahm ich die Karte nochmals und kritzelte einige Weisungen auf die Rückseite derselben, worauf ich sie Herrn Winchester übergab.

Dagegen händigte er mir seinerseits zwei Schlüssel ein.

Dieser hier öffnet die Tür zur Hintertreppe und dieser die vordere Tür des Erdgeschosses.

Nach dieser Erklärung verließ er mich, und schon im nächsten Augenblick hörte ich ihn die Treppe hinaufsteigen und in das Zimmer seiner Frau eintreten. Unser Programm wurde buchstäblich ausgeführt wie verabredet. In weniger als einer halben Stunde kamen die Gatten herunter; er sah blaß und finster aus, sie hochmütig und unerschütterlich ruhig. Der Wagen, den ich einen Augenblick zuvor hatte vorfahren hören, stand vor der Tür, und sie traten unverzüglich hinaus. Uebrigens hatte ich gerade noch Zeit, zu bemerken, daß sie noch dasselbe Kleid trug, in dem ich sie oben gesehen hatte, ein reiches, malvenfarbenes Samtkleid, hochgeschlossen und schwer beladen mit einer sogenannten Passementerie von Schmelzperlen, zwischen denen Spitzenschmuck angebracht war, ein Ausputz, der in meinen Augen jeden weiteren kostbaren Schmuck überflüssig machte, mit Ausnahme der Ohrgehänge von Perlen, die sie trug.

Eine vornehme, würdevolle Erscheinung, dachte ich, als sie vorüberging; ich hatte gerne wissen mögen, ob ihr Herz unter dem Staatskleid nicht doch etwas rascher schlug, als es ihr Aussehen verriet.

Kaum hatte man die Haustür zuschlagen hören, als fast augenblicklich Herr Winchester wieder erschien.

Jetzt, sagte er, ans Geschäft! Und die Treppe hinausschauend, begrüßte er mit einem befriedigten Blick die eben von oben kommende Erscheinung des jungen Mannes, mit dem wir vorhin am Treppenabsatz zusammengetroffen waren und den er mir als seiner Gattin Sohn bezeichnet hatte.

Ach, Lawrence, sagte er, komm herunter! Ich habe nach dir und Fräulein Irwin geschickt – wo ist sie denn? Ach so, sie schaut oben über das Geländer, – um dich Herrn Byrd, Beamten der Geheimpolizei, vorzustellen, dessen Anwesenheit, wie du dir denken wirst, den Zweck hat, uns deiner Mutter Diamanten zu verschaffen. Es ist erforderlich, daß du ihn kennst, denn er ist in Uebereinstimmung mit mir zu dem Schluß gekommen, daß deine Mutter im Irrtum ist, wenn sie glaubt, die Juwelen seien durch fremde Diebe gestohlen worden. Vielmehr ist er ganz sicher, daß nicht nur der Dieb zur Hausgenossenschaft gehört, sondern daß auch die Steine sich noch im Innern des Hauses befinden und durch eine gründliche, systematische Nachsuchung zur Stelle zu bringen sind. Er wird daher die Abwesenheit deiner Mutter benutzen, um die Richtigkeit seiner Voraussetzung zu prüfen, und sobald angemessene Unterstützung von der Polizeistation beschafft werden kann, wird eine Nachsuchung veranstaltet werden, die vor keinem Schlupfwinkel Halt macht und sich von keinerlei Versteck abhalten läßt, mag es so persönlicher oder privater Natur sein als es will. Ich sage dies, weil ich nicht möchte, daß du oder Fräulein Irwin sich darüber entrüsten, wenn er auch eure Räume betreten muß, da ja, wie ihr wißt, ein oder zwei alte Dienstboten im Hause sind, die sich mit Recht in ihren Gefühlen verletzt finden würden, falls ihre Person oder ihre Habe einer Durchsuchung unterworfen werden sollte, die sich nicht auf jedermann im Hause gleichermaßen erstreckt. Du wirst dich also mit deinen Schlüsseln bereit halten und dem Beamten seine

Aufgabe möglichst erleichtern, indem du den Dienstboten mit gutem Beispiel vorangehst. Verstanden?

Gewiß.

Die Antwort klang ebenso gleichgültig, wie die Frage, welche in einem Tone gutmütiger Oberflächlichkeit erfolgt war, darauf berechnet, jedes andere Ohr außer dem eines Detektivs irrezuführen. Herr Lawrence Sutton – ich erfuhr seinen Namen später – schien in der Tat aus einem Traum zu erwachen und wandte sich in demselben Augenblick, wo sein Stiefvater sich entfernte, um und begab sich die Treppe hinauf, als wäre ich gar nicht vorhanden. Sein Verhalten war so unerwartet, daß ich unschlüssig zögerte. Er war derjenige, auf den Herr Winchester Verdacht hatte, das sagte mir mein Gefühl mit aller Bestimmtheit, und da ging er, allem Vermuten nach, geradeswegs nach dem Ort hin, wo die Wertsachen steckten, deren Auffindung mir eine Summe einbringen würde, die ich in jenen Tagen meiner Armut mit Freuden als ein kleines Vermögen begrüßt hätte. Sollte ich ihm nachgehen oder sollte ich mich auf Herrn Winchesters Voraussetzung verlassen und darauf warten, bis er wieder herunterkäme? Die Ueberzeugung, daß ich nur meine eigenen Zwecke beeinträchtigen würde, falls ich ihn zu frühe überraschte, bestimmte mich schließlich, unten zu bleiben. So zog ich mich denn nach dem Empfangszimmer zurück und wartete dort mit unbeschreiblicher Ungeduld auf das Zeichen, das mir zu erkennen geben würde, daß mein Amtsgenosse auf dem Schauplatz erschienen sei, und sodann weiter auf Herrn Suttons Schritte die Treppe herab. Allein bevor eines dieser Geräusche an mein Ohr schlug, vernahm es ein anderes, das meine höchste Neugier erweckte. Es war dies ein Geflüster oben auf dem Gang, gefolgt von einem kurzen, scharfen Ausdruck der Freude, der meinem bestimmten Gefühl nach von dem jungen Mann herrührte. Dann folgte völlige Stille, wahrend der das Zeichen von der Straße her ertönte, darauf oben ein Trappeln wie von eiligen Schritten, worauf ich wieder nichts mehr wahrnahm, bis – jawohl, der sehnlich erwartete Laut eines Herunterkommenden meine ganze Spannkraft weckte, und ich durch den Spalt der Tür, in deren Nähe ich stand, Herrn Sutton im Ueberzieher herabkommen sah.

Herr Sutton war eine vornehme Erscheinung, und seine Züge, wenn auch die unverkennbaren Spuren lockeren Lebens tragend, hatten doch noch einen Ausdruck, der nicht ohne einigen Reiz war. Ich wartete mit Spannung, ob sich Herr Sutton durch die Haustüre entfernen werde. Aber er war offenbar ein sehr artiger Mann, und ehe ich mich dessen versah, befand er sich an meiner Seite, indem er sich mit äußerster Höflichkeit verbeugte und mir einen Bund hinhielt, an dem mehrere Schlüssel hingen.

Herr Winchester hat mich ersucht, Ihnen diese Schlüssel zu übergeben. Mit ihrer Hilfe werden Sie imstande sein, alle Behältnisse und Schubladen zu öffnen, die mir gehören. Was die anderen betrifft, so müssen Sie selbst sehen, wie Sie sich den Eintritt und eine Durchsuchung ermöglichen. Ich habe eine wichtige Verabredung außer dem Hause, die mich vielleicht eine Stunde in Anspruch nehmen wird. Nach meiner Rückkunft will ich Ihnen behilflich sein, so gut ich kann; denn es liegt mir natürlich soviel daran als irgend jemand, daß ein so wertvoller Schatz, wie die Diamanten meiner Mutter, der Familie nicht verloren geht.

Ich verbeugte mich, und er zog sich zurück, wobei er ein neues Paar Handschuhe herausholte und zu meiner unbegrenzten Verwunderung sich noch etwas aufhielt, um sie mit großer Pünktlichkeit und Sorgfalt anzuziehen. Dann ging er auf die Türe zu; aber auch dabei zögerte er, um noch einmal einen Blick die Treppe heraufzuwerfen, ehe er endlich seinen Hut aufsetzte und das Haus verließ.

Ein vollendeter Schauspieler, dachte ich und eilte an das Fenster, durch das ich ziemlich unvorsichtig hinausschaute. Er schritt eben die Stufen hinab, noch langsam, aber doch mit mehr Entschiedenheit, als er innerhalb des Hauses gezeigt hatte. Im nächsten Augenblick befand er sich auf dem Gehweg und wieder einen Augenblick später schritt er rasch die Straße hinab. Ich eilte vom Fenster an die Haustür und öffnete sie. Eben setzte sich ein Mann vom Nebenhause aus in Bewegung, und ehe ich mich wieder ins Haus hineingab, nahm ich mit Befriedigung wahr, wie der fähigste und verschwiegenste Beamte in unserem ganzen Korps sich dicht an die hochgewachsene Figur Herrn Suttons heftete.

Jetzt einige Stunden trübseliger Geduldsprobe, murmelte ich und ließ mich dabei in einen bequemen Stuhl vor einem Tisch fallen, der mit Büchern von einladendem Aeußern bedeckt war. Doch kaum hatte ich diesem Gedanken Ausdruck verliehen, als ich infolge einer neuen Erregung aufsprang. Wieder ging ein Schritt über die Treppe, wieder trat jemand ins Zimmer. Als ich in voller Erwartung, Fräulein Irwin zu sehen, mich umwandte, begegnete ich dem Blick einer alten schwächlichen Dame. Ueberrascht machte ich eine achtungsvolle Verbeugung, worauf sie sofort sagte:

Ich höre, daß Herr Winchester eine Durchsuchung des ganzen Hauses nach den abhanden gekommenen Diamanten seiner Frau angeordnet habe.

Soll diese heute abend vorgenommen werden? Wenn überhaupt, so wird sie heute abend stattfinden, erwiderte ich mit einer verzeihlichen Verletzung des Dienstgeheimnisses. Sie würde wenig Zweck haben, wollte man sie vornehmen, nachdem irgend welcher Verkehr zwischen den Hausbewohnern und der Außenwelt stattgefunden.

Dann, sagte sie, den Schluß meiner Erwiderung wenig oder gar nicht beachtend, darf ich wohl um die Gefälligkeit bitten, mein Zimmer zuerst vorzunehmen? Ich bin Herrn Winchesters Tante, und ich bin überzeugt, Sie werden mich nicht langer vom Schlafengehen abhalten wollen, als es durchaus nötig ist. Mein Zimmer ist klein und –

Armes Mütterchen! Es war wirklich grausam. Ich beeilte mich, sie zu beruhigen.

Es kann gar keine Notwendigkeit vorliegen, Ihr Zimmer Zu durchsuchen, begann ich.

Sie unterbrach mich jedoch sofort mit aller Entschiedenheit.

Sie sind im Irrtum, sagte sie. Wenn ein Zimmer im Hause besichtigt werden muß, so ist es das meine. Gerade aus dem Grund, weil es das letzte ist, von dem man annehmen könnte, daß die Polizei es einer Durchsuchung unterwerfen würde, liegt die Möglichkeit nahe, daß es der Dieb zum Versteck ausersehen haben könnte. Es wäre mir doch lieber, Sie würden durch mein Zimmer gehen.

Ich war verblüfft und in nicht geringer Verlegenheit. Die alte Dame sah so entschieden aus; man sah deutlich, daß nicht mit ihr zu spaßen war. Aber ich hatte doch keine Lust, ihr zu sagen, daß die angedrohte Durchsuchung nur eine Kriegslist gewesen, die bereits zu dem gewünschten Erfolg geführt hatte; und doch, wenn ich es nicht tat, was sollte ich zur Rechtfertigung eines Aufschubs vorschützen, der sie so empfindlich belästigen würde? Ich vermochte nur *einen* Ausweg aus der Schwierigkeit zu entdecken, und dieser bestand darin, ihr Zimmer und ihre Habe einer oberflächlichen Besichtigung zu unterziehen, mit der ich mich dann für befriedigt erklären wollte in der Hoffnung, daß dies ihrerseits ebenso der Fall sein werde. Ich antwortete ihr deshalb, ich wisse ihr Vorbringen vollkommen zu würdigen, und wenn es ihr recht sei, wolle ich sofort nach ihrem Zimmer gehen.

Sie bedeutete mir, dies würde ihr äußerst erwünscht sein, worauf ich sofort die Treppe hinaus voranschritt. Sie folgte mir die zwei Absätze weit und zeigte mit wichtiger Miene auf die Tür zu ihrem Zimmer. Allein während ich darauf zuschritt, vernahm ich ein verdächtiges Geräusch vom untern Stock her, und als ich über das Geländer schaute, sah ich Philippas geschmeidige, behende Erscheinung die Treppe hinabschlüpfen auf die Haustür zu. Sie trug Straßenkleidung und hatte sich offenbar meine Lage zunutze gemacht, um aus dem Hause zu entkommen. In diesem Augenblick schossen mir eine ganze Legion von Zweifeln und Verdachtsgründen durch den Sinn. Ich war das Opfer eines Komplotts, und die alte Dame weder so unschuldig noch so uneigennützig, als es den Anschein hatte. Als sie mich überredete, mich in den oberen Stock zu verfügen, geschah es geradezu in der Absicht, Philippa die Möglichkeit zu verschaffen, ungehindert die Straße zu erreichen. Das war mir alles bereits zum Bewußtsein gekommen, noch ehe ich bemerkte, daß ihre schwächliche, gebrechliche Gestalt den engen Durchgang oben an der Treppe ausfüllte, wodurch es einiger Rücksichtslosigkeit meinerseits bedurfte, um an ihr vorbeizukommen. Doch auf einige Rücksichtslosigkeit, selbst gegenüber einer bejahrten, gebrechlichen Dame, kam es in einer solchen Notlage nicht an. Fünfundzwanzigtausend Dollars entschlüpften aller Wahrscheinlichkeit nach meinem Griff, nicht zu reden von meinem Ruf als schlauer, nicht leicht zu überlistender Polizeibeamter. Wie? Verließen jetzt auf diesem Wege die Juwelen das Haus, oder waren sie bereits, meiner früheren Anschauung gemäß, durch Herrn Sutton hinausbefördert worden? Eines war ebenso möglich, wie das andere, oder am Ende, wie ich mir sagte, ehe ich den ersten Treppenabsatz zur Hälfte hinab war, auch keines von beiden! Daß erst *er* und nun auch *sie* fortgingen, konnte ebensogut eine List sein, um die Aufmerksamkeit von dem Haus und dem wirklichen Hehler der kostbaren Steine abzulenken. Einen Augenblick innehaltend, schaute ich nach der Stelle zurück, wo die alte Dame stand, noch wankend von dem Puff, den ich ihr in meinem Drang, an ihr vorbeizukommen, hatte versetzen müssen. Da stand sie noch, aber der Blick, mit dem sie mir nachschaute, drückte eine nur schlecht verhehlte

Befriedigung aus, und obwohl sie sich bei meinem ersten Blick zurückzog, hatte ich doch noch Zeit, wahrzunehmen, daß sich ein Lächeln in ihre Mundwinkel geschlichen hatte, das meinen ferneren Absichten, über die ich mir noch nicht klar war, nur geringen Erfolg in Aussicht stellte.

Inzwischen hatte Philippa den Drücker der Haustür erfaßt und würde sich im nächsten Augenblick außerhalb des Hauses befunden haben, hätte sie nicht Halt gemacht, um nach dem Huthaken zu schauen, wie ich vermutete, in der wohlüberlegten Absicht, mich an ihrer Verfolgung durch Aneignung meines Hutes zu hindern, falls er dort gehangen hätte. Allein glücklicherweise hatte ich ihn mit in das Empfangszimmer genommen; so brauchte sie sich kaum einen Augenblick damit aufzuhalten. Ehe ich den unteren Treppenabsatz recht erreicht hatte, hörte ich die Haustür schließen, und damit war ich auch plötzlich vor die Entscheidung gestellt, ob ich ihr folgen und so das Haus und damit vielleicht gerade die Juwelen, die ich wieder bekommen wollte, im Stich lassen, oder ob ich sie ungehindert ihres Weges ziehen lassen sollte.

Der Gedanke an Herrn Winchester gab mir augenblicklich die entscheidende Richtung.

Wenn mir die Steine entgingen, indem ich Philippa verfolgte, so würde ich höchstens meine Belohnung und einiges an meinem dienstlichen Ansehen einbüßen; entgingen sie mir dagegen dadurch, daß ich ihr nicht folgte, so hatte Herr Winchester das Recht, mir offenbare Mißachtung seiner Weisungen zum Vorwurf zu machen. Denn er hatte mir ja gesagt:»Geben Sie acht, wer auf Ihre Ankündigung einer Haussuchung das Haus zuerst zu verlassen sucht, und lassen Sie den verfolgen, denn der wird die Steine bei sich haben!«Freilich war Herr Sutton schon draußen und wurde verfolgt, allein wenn noch ein Dutzend nach ihm ebenfalls das Haus verließen, besonders nachdem sie diese Ausflucht ergriffen hatten, um der Verfolgung zu entgehen, war es dann nicht meine Pflicht, zu sehen, daß sie gleichfalls verfolgt wurden, und zwar mit der gleichen Aufmerksamkeit und Umsicht, wie ich es beim ersten für erforderlich gehalten hatte? Darüber konnte kein Zweifel bestehen; so schlug ich alle anderweitigen Erwägungen in den Wind und machte mich an die Verfolgung dieses davonhuschenden Schattens, indem ich die Haustür hinter mir zuzog, in der Erwartung, daß mein erster Blick die Straße abwärts mir zeigen würde, in welcher Richtung sie gegangen war.

Aber weder ab- noch aufwärts vermochten meine Blicke etwas von Philippa zu entdecken, und aufs neue beunruhigt, durch meine erste Besorgnis möglicherweise mehr unternommen zu haben, als ich auszuführen vermochte, flog ich nach der Ecke – es war an der Madison-Avenue –, und wie ich hier in aller Eile um mich spähte, entdeckte ich in dem Häuserviertel abwärts eine schlanke, zarte, weibliche Gestalt. Kaum hatte ich sie als die ihrige erkannt, als sie in einem Pferdebahnwagen verschwand und davonfuhr, ehe ich Zeit hatte, dem Schaffner, der ihr beim Einsteigen behilflich gewesen, ein kräftiges Halt zuzurufen.

Glücklicherweise war der nächste Wagen nicht allzuweit entfernt. Ich stieg ein, und da ich in dem Kutscher einen Bekannten entdeckte, faßte ich neue Hoffnung. Es brauchte nicht viel Ueberredung, um ihn zu bestimmen, seine Pferde ein wenig rascher gehen zu lassen, als der Fahrplan vorschrieb, so daß wir binnen wenigen Minuten dem Wagen vor uns nahe genug gekommen waren, um die Gestalt eines jeden unterscheiden zu können, der ihn verließ. So konnte ich Fräulein Irwin so bequem verfolgen, als wenn ich im selben Wagen mit ihr gesessen hätte; und als sie nach kurzer Fahrt ausstieg, schritt ich leichtfüßig hinter ihr drein, die fünfundzwanzigste Straße hinab. Schon im zweiten Häuserviertel machte sie Halt, lief eine Hausstaffel hinauf, klingelte und wurde eingelassen.

Ich eilte schleunigst hinter ihr her, schaute nach der Nummer und blieb verblüfft stehen. Das war ja ein mir ganz wohlbekanntes Haus, das viele Leute betraten, wenn auch vermutlich nicht oft zu demselben Zwecke, wie Fräulein Irwin, das ich selbst manchmal besucht hatte: die Behausung eines wohlbekannten Geistlichen, Herrn Randall.

Ich wußte im Augenblick nicht, was weiter beginnen, und stand zögernd da, als, um mein Erstaunen noch zu vermehren, jemand von hinten auf mich zuschritt und mir vertraulich auf die Schulter klopfte mit den Worten:

Nun, was machen Sie denn hier?

Es war Hawkins.

Was! Sie hier? rief ich.

Gewiß! rief er zurück, und mein Mann ebenfalls.

Ein ganzes Rätsel. Glücklicherweise war Hoffnung vorhanden, es zu lösen.

Ich denke, ich gehe hinein, sagte ich. Ich kenne Herrn Randall ganz gut. Sollte eines der beiden oder beide vor mir herauskommen, so folgen Sie. Ich will nicht länger fortbleiben, als durchaus notwendig.

Er nickte und zog sich wieder in sein Versteck zurück. Ich klingelte und fragte nach Herrn Randall.

Er ist oben beschäftigt, erklärte das saubere Dienstmädchen, das auf mein Anrufen erschien. Aber wenn Sie in sein Arbeitszimmer treten wollen, wird er Sie bald empfangen können.

Das ließ ich mir nicht zweimal sagen. Wenige Augenblicke darauf faß ich wohlgeborgen in dem behaglichen rückwärtigen Empfangszimmer und horchte auf das leise Gemurmel, das aus dem vorderen Zimmer durch die schwere Flügeltüre, welche diese beiden Räume schied, hineindrang. Von diesen Stimmen konnte ich zwei unterscheiden: Herrn Randalls gewichtigen Baß und die leichteren und weicheren Laute des jungen Mannes, der mir in der dreiundsiebzigsten Straße seine Schlüssel übergeben hatte. Plötzlich verklangen die Stimmen, und man vernahm kaum einen Laut; dann ein feierliches Schweigen, darauf – es konnte wohl wiederum der Klang von Herrn Randalls Stimme sein, aber nicht in dem Gesprächston wie zuvor, sondern mit der abgemessenen Betonung, die er auf der Kanzel anzuwenden Pflegte. Immer rätselhafter, dachte ich, und unbekümmert darum, daß plötzlich jemand erscheinen könnte, schlüpfte ich an die Flügeltür hin und preßte mein Ohr an den engen Spalt. Was ich hier vernahm, steigerte nur meine Neugier auf den Siedepunkt. Auf jede Gefahr hin, aller gewöhnlichen Schicklichkeit zum Trotze – ich mußte wissen, an wen der Geistliche seine Worte richtete. So nahm ich denn meine ganze Geschicklichkeit und ein gut Teil meiner berufsmäßigen Vorsicht zu Hilfe und schob die Türflügel ein klein wenig auseinander und sah etwas, das ich sicherlich hier nicht gesucht hätte; es war übrigens ein hübsches Bild:

– Herr Sutton und Fräulein Irwin vor Herrn Randall auf den Knien, während er ihren Ehebund einsegnete.

Noch eine Dame und zwei Herren standen dabei, allein ich begnügte mich mit der Wahrnehmung, daß es Frau Randall war und die Herren ebenfalls zur Familie gehörten, ohne ihnen weiter einen Gedanken zu widmen, indem meine ganze Aufmerksamkeit dem jungen Paare galt, dem ich unter einem so schnöden Verdacht hieher nachgegangen war – nur um Zeuge der wichtigsten Handlung ihres ganzen Lebens zu sein.

Die Ueberraschung und das Rührende des ganzen Vorgangs ließen mich für einen Augenblick die Diamanten und den eigentlichen Zweck meines Hierseins vergessen. Aber nachdem die Schlußworte gesprochen und die wenigen Glückwünsche dargebracht waren, und nun das junge Paar herumschaute und ich einen Blick in die Züge der Braut erhaschte, bemerkte ich mit Erstaunen den tiefen Schatten, der darauf lag; und während ich nicht umhin konnte, der so überraschenden und interessanten Gestaltung der Dinge meine Teilnahme zu schenken, fühlte ich doch auch die Energie wiederkehren, die mein Beruf mit sich brachte. Denn Philippas Antlitz zeigte nicht den Ausdruck einer glücklichen Braut, sondern den eines weiblichen Wesens, das soeben das äußerste gewagt hat, um einen lieben Traum zu verwirklichen oder ein furchtbares Unglück abzuwenden. Es lag in der Tat Schrecken in dem Blick, mit dem sie ihren Gatten anschaute; aber Schrecken in solcher Art mir Liebe und einem gewissen Hoffnungsschimmer gemischt, daß ich fühlte, wie ich unter allen Umständen der Angelegenheit mit den Juwelen völlig auf den Grund kommen müsse, wäre es auch nur, um das Rätsel zu lösen, das über ihrer Handlungsweise und über den Beweggründen schwebte, welche sie zu dieser Heirat bestimmt hatten in einem für Glück und Ehre so offenbar ungünstigen Augenblick.

Inzwischen verabschiedete sich Herr Randall mit einigen höflichen Worten, und da ich sah, daß er im nächsten Augenblick schon seine Schritte zu mir hereinlenken könnte, so schob ich die Tür noch vorsichtiger als vorhin wieder zusammen, begab mich in meine Sofaecke zurück und wartete mit gleich großer Spannung und Ungeduld darauf, ihn selbst erscheinen zu sehen und das junge Paar fortgehen zu hören.

Herr Randall erschien, während gleichzeitig die Haustür geschlossen wurde. Ich überließ Herrn Sutton mit seiner Braut der Obhut des draußen harrenden Beamten und wandte meine Aufmerksamkeit dem Geistlichen zu. Ich wußte genug von seinem Charakter und seinen Gewohnheiten, um sicher zu sein, daß er die jungen Leute nicht getraut hatte, ohne ihre Vorgeschichte und Verhältnisse einigermaßen zu kennen, und diese Kenntnis gedachte ich mir zunutze zu machen.

Es bedarf wohl kaum besonderer Hervorhebung, daß ich nicht immer der Geheimpolizei angehört, daß ich im Lauf meiner Jugendjahre, mich in verschiedenen Gesellschaftskreisen bewegt hatte, und daß ich von Geburt und Erziehung war, was man einen Gentleman nennt. Ich komme darauf zu reden, um die Freundlichkeit, mit der Herr Randall mich begrüßte und seine Bereitwilligkeit gegenüber meinem Wunsche zu erklären, der unter gewöhnlichen Umständen als eine höchst unverschämte und unentschuldbare Neugier hätte erscheinen müssen. Er war ein Freund meines Vaters und schenkte mir achtungsvolles Gehör, als ich meine Entschuldigungen vorbrachte, um dann sofort auf den Gegenstand zu kommen, der meine Gedanken beschäftigte.

Herr Randall, begann ich, das Anliegen, mit dem ich mich Ihnen nahe, ist höchst eigentümlicher Art. Das Paar, das Sie soeben verbunden haben – verzeihen Sie mir, ich habe ein feines Gehör, und meine Anwesenheit steht mit eben diesem Paare in Zusammenhang –, befindet sich unter dem Verdacht einer strafbaren Handlung, der je nach Umständen zu sehr ernsten Folgen führen kann. Was dies für eine Handlung ist, will ich lieber nicht aussprechen, da es sich eben um einen bloßen Verdacht handelt, von dem sie sich möglicherweise zu reinigen vermögen. Aber was ich sagen will, ist folgendes: Sie werden zur Wohlfahrt der beiden und gleichzeitig zur Aufklärung eines höchst rätselhaften Vorkommnisses beitragen, wenn Sic mir sagen wollen, was Sie über sie selbst und über die Gründe wissen, die diese unverkennbare eilige und heimliche Trauung veranlaßt haben.

Ich bin höchlichst erstaunt, waren seine ersten Worte, und fühle mich stark versucht zu fragen, was diese armen jungen Leute sonst begangen haben könnten, als daß sie sich gegenseitig lieben und einander heiraten, dem Hochmut und den ehrgeizigen Plänen des Herrn Winchester und seiner Gattin zum Trotz. Aber bloße Neugier ist eines Geistlichen unwürdig; so will ich Ihnen nur sagen, daß, wenn die beiden irgend etwas tun oder getan haben, das man wirklich unrecht nennen könnte, es vollkommen unwissentlich geschehen ist, und daß ihre eheliche Verbindung nur die Ausführung eines Vorhabens bildete, das, wenn auch nicht der Welt und jener Gesellschaft, welcher der Bräutigam wenigstens angehört, so doch mir schon längst wohl bekannt war.

Jetzt, erwiderte ich, setzen Sie mich in Erstaunen. Die beiden waren also verlobt und Sie wußten darum, während dies voraussichtlich nicht einmal seiner eigenen Mutter bekannt ist.

Höchst wahrscheinlich, war seine ruhige Entgegnung. Frau Winchester ist nicht die Person, die ein Mann zu seiner Vertrauten machen würde, wenn er vorhat, eine sogenannte schlechte und ungleiche Partie zu machen.

Trotzdem, begann ich –

Trotzdem unterbrach er mich, sollte ein Sohn eine gewisse Rücksicht und Achtung gegenüber der Mutter an den Tag legen, die ihn geboren hat und die seiner eigenen Aussage zufolge stets Nachsicht für seine Fehler und Schwächen bewiesen hat. All dieses weiß ich, fuhr Herr Randall fort, und ich bin ganz Ihrer Ansicht, allein es waren in diesem Falle gewisse Gründe vorhanden, die seine Handlungsweise und meine Begünstigung derselben wenigstens einigermaßen entschuldbar erscheinen lassen. Lawrence Sutton war nicht immer ein achtbares Mitglied der Gesellschaft; er war ein wilder Junge, ein ausschweifender Jüngling und ein mehr als lockerer Mann gewesen. Seine Mutter liebte ihn, war aber nicht imstande ihn zu leiten, ungeachtet ihrer energischen und entschiedenen Sinnesart. Auch seines Stiefvaters Stellung und unbegrenzter Reichtum übten nicht den geringsten Einfluß auf die Beherrschung seiner Leidenschaften, denen er sich unter dem Einfluß einer zügellosen Gesellschaft mehr oder weniger hingab. Er schien ohne Ehrgeiz zu sein, und doch war er nicht unbegabt, nicht unedel oder gemein. Seine Mutter, in deren Gedanken nur wenige eingeweiht sind, sah der Sache wortlos zu; sein Stiefvater, der nicht der Mann war, ihn zur Besinnung bezüglich seiner Fehler zu bringen, ließ seinem Zorn freien Lauf und drohte, ihm die Tür zu weisen, tat es aber nie. So lebte er, von der besseren Gesellschaft gemieden, dahin, und gab keinerlei Aussicht auf Besserung, bis plötzlich – es ist jetzt ein Jahr her – die größte und merkwürdigste Aenderung in seinen Gewohnheiten und seiner ganzen Lebensweise Platz griff. Aus einem rücksichtslosen Gesellen wurde ein höflicher, aufmerksamer Gentleman, der für den Ehrenplatz in der Gesellschaft, den er verloren, lebhaftes Verständnis zeigte und sich eifrig bemühte, ihn wieder zu erringen. Seine Mutter, die stets alle Hoffnung auf ihren Jungen gesetzt hatte, schrieb natürlich diese wunderbare Umkehr zu mannhaftem und ehrenhaftem Wesen ihrem eigenen stillen Einfluß und ihrem unbeugsamen Vertrauen zu; aber ich wußte es besser; ich, der seit fünfundzwanzig Jahren in den Herzen der Menschen lese wie in einem offenen Buch, wußte, daß es etwas Neueres, Idealeres war, als irgendein Einfluß, den Frau Winchester zu üben imstande gewesen wäre, was diesen jungen Mann dazu gebracht hatte, eine Lebensweise von sich zu werfen, die ihm fast zur zweiten Natur geworden war.

Häufige und ausgedehnte Besuche in Herrn Winchesters Hause genügten nicht, um mich über das Geheimnis aufzuklären. Ich fand Herrn Sutton im Kreise seiner Familie, was ich seit Jahren nicht erlebt hatte; aber wie sollte ich diesen Umstand in Verbindung bringen mit der zeitweiligen Gegenwart des stillen jungen Mädchens ohne alle besonderen Reize, welches mir Frau Winchester einst ziemlich gleichgültig als Fräulein Irwin vorgestellt hatte? Und doch war dieses Mädchen mit dem gesenkten Blicke und dem sanften, fast unterwürfigen Auftreten die Macht, welche auf dieses Mannes Gemüt gewirkt und seine Neigungen förmlich umgewandelt hatte. Für ihn war sie die Offenbarung aller idealen und wünschenswerten Eigenschaften eines weiblichen Wesens; und in dem Augenblick, da er sie zuerst erblickte, faßte er, wie er mir später erklärte, den Entschluß, sie sich zum Weibe zu gewinnen, sollte es ihn auch den völligen Verzicht auf alle seine bisherigen höchst verwerflichen Lebensgewohnheiten kosten. Daß er diese Hoffnung still im Busen hegte und seine Eltern nicht ins Vertrauen zog, ist nicht zu verwundern. Frau Winchester sieht in Philippa ein dienendes Wesen, zu unbedeutend, um der Beachtung, geschweige denn der Bewunderung oder Furcht wert zu sein. Nichts, selbst nicht die Aenderung von ihres Sohnes Lebensweise würde sie je zu der Ueberzeugung gebracht haben, daß dieses Mädchen einen Einfluß besitze oder, falls der Glaube an einen solchen sich irgendwie ihr aufdrängte, daß ihm Eigenschaften und Tugenden, welche sie zur Achtung und Anerkennung nötigten, zugrunde lägen. Selbst eine hübsche, elegante, weltlich gesinnte Frau, schätzt sie nichts, was nicht auf eben diesen Eigenschaften beruhte, und ich glaube wahrhaftig, sie würde ihren Sohn lieber wieder in sein altes Leben verfallen sehen, als daß er seine Erlösung daraus einer Quelle von so unbedeutender Erscheinung verdankte, die so ganz und gar nicht zu den Anschauungen paßt, die sie über die Aussichten ihres Sohnes und ihre eigene gesellschaftliche Stellung hegt.

Dies ist wenigstens das Urteil, das ich mir über sie gebildet habe, und dies die Erklärung, die der junge Sutton mir über sein Verhalten bei einer Besprechung gab, die ich vor etwa sechs Monaten mit ihm hatte.»Sie« – nämlich seine Mutter –»soll nichts davon wissen, was Philippa mir ist, bis sie sie als mein Weib an meiner Seite sieht,« sagte er damals zu mir.»Und ich rechne auf Ihre Mitwirkung hierzu,« fuhr er fort,»wenn ich durch Beharrlichkeit und wackeres Verhalten dieses reine, unbefleckte Wesen so weit gebracht habe, daß sie mir ihr Schicksal anvertrauen und mich zu dem machen will, was ich jetzt glaube wieder werden zu können, nämlich ein Mann mit höherem Lebenszweck, eifrigem Streben und einer achtbaren Stellung in der Gesellschaft.«

Solche Hoffnungen, ein solcher Entschluß und solche Gesinnung bei einem Mann seiner Art und mit seiner Vergangenheit konnten nicht verfehlen, meine Teilnahme zu erwecken. Eine Seele, die ich längst für verloren gehalten, hatte einen Antrieb zum Besseren gefunden, und wenn auch der Beweggrund dafür nicht eben der höchststehende war, so war er doch bedeutend genug, um die Hoffnung zu erwecken, daß die gute Sache schließlich zu dem Ziel führen werde, das ich nur herzlich für ihn wünschen konnte. Ich ging deshalb mit lebhaftem Anteil auf seine Pläne ein, und obwohl ich in ihn drang, keinerlei ernstlichen Schritt zu unternehmen, ohne sein Vorhaben wenigstens seiner Mutter mitzuteilen, so gab ich doch mein Versprechen, das ich auch gehalten habe, die beiden ehelich zu verbinden, wenn er mit Philippa zu mir käme, indem ich dabei im Vertrauen auf seinen verständigen Sinn und ihr Zartgefühl überzeugt war, daß der Erfolg ebenso sehr zugunsten der Ehre und des Glücks der Familie als ihnen beiden zur Freude und zum Glück ausfallen werde. Aber was Sie mir jetzt sagen, macht mich unsicher in der Richtung, wo ich dies niemals erwartet hatte. Die beiden stehen unter dem Verdacht irgendeiner Missetat – welcher Art, kann ich mir nicht denken – und Sie wissen darum; daraus geht hervor, daß der Verdacht ein dringender ist, der sie möglicherweise vor dem Strafgesetz verantwortlich macht.

Ich antwortete nicht darauf, denn ich hatte den Kopf voll Gedanken. Konnte es sein, daß diese reine und rührende Geschichte einer anscheinend wahren Liebe dazu bestimmt war, durch den Schatten des Verbrechens befleckt zu werden? Hatte Lawrence Sutton die Diamanten entwendet und wußte Philippa Irwin darum, oder handelte es sich dabei um einen Diebstahl gewöhnlicher Art?

Was meine Sorge noch vermehrt, fuhr der gute Geistliche fort, nachdem er einige Zeit darauf gewartet hatte, daß ich etwas sagen würde, das ist, daß manche meinen – und zwar Mitglieder seiner eigenen Familie –, die Aenderung in seinem Wesen, von der ich sprach, sei keine so durchgreifende, als ich behauptete. Sie versichern, er führe seine alten Gewohnheiten fort, nur im geheimen. Und sie wissen dies auch zu begründen; denn während er seinerzeit, d. h. im Anfang seiner Bekanntschaft mit Philippa, den Abend zu Hause zuzubringen pflegte, ist dies seit einigen Monaten nur noch am Sonntag abend der Fall, und er geht nach dem Abendessen wieder ebenso regelmäßig aus, wie in den Tagen seiner wildesten Ausschweifungen. Nur kommt er jetzt nicht mehr betrunken nach Hause, und seine Augen, sonst immer trüb und schwer, blicken jetzt hell und offen. Ich wünschte nur, wir wüßten, wo er seine Nächte zuzubringen pflegt.

Nun, wir werden es schon herausbekommen, versicherte ich ihm, indem ich aufstand und der Türe zuging, und wenn ich auch fürchte, daß das Ergebnis unseren Wünschen nicht ganz entsprechen wird, so will ich doch Ihrer Sorgen gedenken und sie morgen nach Möglichkeit erleichtern. Jetzt muß ich Ihnen gute Nacht wünschen, denn diese Sache leidet keinen Aufschub. Und nach einigen weiteren Worten des Dankes für seine Freundlichkeit verließ ich Herrn Randall und begab mich geradeswegs nach dem Winchesterschen Hause zurück.

Meine Erwägungen unterwegs waren nicht durchaus befriedigender Art. Befanden sich Herr Sutton und seine Braut im Besitze der Diamanten, so war nicht zu sagen, was das Paar tun und wohin es sich begeben würde; vielleicht trennten sich die beiden, so daß Hawkins mit seinem Witz zu Ende war und nicht mehr wußte, welchem von beiden er folgen sollte. Hatten sie die Diamanten nicht im Besitz, so war ich fest überzeugt, das Paar in dem Hause, vor dem ich stand, zu treffen. Allein so lieb mir das im Interesse des jungen Paares gewesen wäre, so war mir selbst dadurch wenig gedient; denn wenn sich die Juwelen nicht in ihren Händen befanden, wo steckten sie alsdann? Zurzeit jedenfalls nicht mehr im Winchesterschen Hause, davon war ich überzeugt.

So war es mir keineswegs leicht ums Herz, als ich die Klingel zog und, wiederum von Herrn Winchester empfangen, abermals die Räume betrat, die ein solches dunkles Geheimnis bargen.

Wir sind bereits zurück, waren seine eiligen Worte, die er mit fieberhafter Heftigkeit hervorstieß. Und Sie? Haben Sie die Steine?

Ich schüttelte den Kopf und trat eilig hinter ihm in das Empfangszimmer.

Aber Sie sind ihm nachgegangen? Sie wissen, wo er ist? Und Philippa? Was veranlaßte sie, gleichfalls auszugehen?

Warten Sie, sagte ich, sind sie schon zurück?

Wer? Lawrence und Philippa?

Jawohl.

Nein.

Dann fürchte ich, sie kommen auch nicht.

Sie? Warum nennen Sie die Namen der beiden zusammen?

Ich wurde der Antwort überhoben. Ich vernahm in diesem Augenblick draußen das wohlbekannte Zeichen meines Kollegen und gleichzeitig mit diesem ermutigenden Laut ein Geräusch des Schlüssels an der Haustür, das Herrn Suttons Rückkehr ankündigte.

Nein, rief ich, da sind sie, und da ich sicher bin, daß sie Ihnen eine Mitteilung zu machen haben, bei der die Gegenwart eines Fremden sie in Verlegenheit bringen würde, so will ich mich schnell für einen Augenblick zurückziehen. Damit faßte ich nach der Portiere hinter mir, schlug sie zur Seite und trat in den dunkeln Raum dahinter.

Herr Winchester machte keinen Versuch, mich zurückzuhalten; er war zu sehr erstaunt über den Anblick seines Stiefsohnes, der Philippa am Arm führend eintrat. Und ich, der ich ohne Ueberlegung in das nächste beste Versteck hineingestolpert war, das ich erspähen konnte, war ebenso überrascht, nicht über das, was ich sah, sondern über den Raum, worin ich mich befand; denn die Portiere schloß nicht etwa ein Zimmer ab, sondern verdeckte nur einen kleinen Nebenraum, und ich sah mich nun inmitten eines Haufens von Gerümpel und alten Bildern, wo ich Stellung nahm, um zu hören und zu sehen, was da kommen sollte.

Vater – es war Herr Sutton, der sprach – willst du die Mutter herunterkommen lassen? Ich möchte ihr etwas sagen, ehe ich etwas anderes in diesem Hause tue.

Aber – aber, das geht doch deine Mutter nichts an, warf Herr Winchester eilig und mit nunmehr tief erregter Stimme dazwischen. Wenn du die Diamanten hast, so gib sie mir unverzüglich, und kein Wort soll je mehr darüber verloren werden. Ich bin nicht hart gegen junge Leute und –

Die Diamanten? Ich weiß nichts von den Diamanten, unterbrach der andere ungeduldig, was auffälliger schien, als wenn er sich entrüstet gezeigt hätte. Was ich sagen möchte, betrifft etwas ganz anderes. – Und dabei muß er wohl den Blick auf Philippa gerichtet haben, denn die Stimme des alten Herrn wurde ganz gellend, als er jetzt rief:

Was willst du sagen? Daß du und Philippa gute Freunde sind; daß sie dich nicht aus deiner Mutter Zimmer hat kommen sehen, kurz vorher, ehe die Diamanten fehlten; daß du ein Heiliger bist, wie jedermann weiß, und sie –?

Halt ein!

War das die Stimme eines Mannes, den das niedrigste aller Verbrechen befleckte? Ich schob die Portiere zur Seite und blickte hinaus. Wie ein Bild des Zornes stand er zwischen Herrn Winchester und der glühenden, strahlenden, wie umgewandelten Philippa.

Wenn du von ihr sprichst, rief er und ließ dabei mit dem Stolz glücklich errungenen Besitzes seine Hand auf ihren Arm fallen, so sprichst du von meiner Frau.

Herr Winchester sank langsam zurück. Diese Ueberraschung war vielleicht allein imstande, seine Gedanken von den Juwelen abzulenken.

Deiner Frau? wiederholte er, und seine Augen wanderten langsam zu Philippas Angesicht, als finde er es schwer, eine so unerwartete Enthüllung zu fassen.

Herr Sutton benützte den Augenblick, um auf das Treppenhaus hinauszugehen.

Mutter, rief er, willst du herunterkommen?

Sie befand sich bereits auf dem Vorplatz, wie er ohne Zweifel bemerkte, denn er eilte zurück und nahm Philippa bei der Hand und stand noch so da, als die stattliche Frau in all dem Glanz ihres oben beschriebenen reichen Kleides über die Schwelle trat.

Mein Sohn! war ihr erstaunter Ausruf, an den sich sofort ein unverständlicher, halb unterdrückter Laut anschloß, als sie sah, wen er bei der Hand hielt, und bemerkte, mit welcher Glut er sie umfaßte und mit welchem Ausdruck er sie betrachtete. Was bedeutet dies? fragte sie endlich, wobei ihr Stolz mit einem Zorne rang, der erst im Entstehen war, aber furchtbar zu werden drohte.

Glück, so hoffe ich, war die sofortige Erwiderung; wo nicht, so bedeutet es doch wenigstens ein besseres Leben für mich und ein weniger niedriges und abhängiges für sie. Wir sind verheiratet, Mutter, und es ist mein Wunsch –

Er vollendete nicht. Bei dem Worte »verheiratet« wankte das hochmütige, mitten in dem Stolze ihrer Hoffnungen und ehrgeizigen Pläne getroffene Weib und stürzte, ehe man ihr beizuspringen vermochte, mit ihrem ergrauten aber doch königlichen Haupte derjenigen zu Füßen, die sie noch vor einer Stunde verschmäht haben würde, mit ihrer Person in irgendeine höhere Verbindung zu bringen als die leblosen Dinge um sie her, die ihrer Bequemlichkeit dienten.

Auf den Fall folgte zuerst ein heftiges Stimmengewirr, dann eine Stille und darauf ein plötzlicher Schrei, in dem sich Staunen und Triumph in solchem Maße mischten, daß ich kaum glauben konnte, er sei aus Herrn Winchesters Mund gekommen, bis ich infolge einer plötzlichen Wendung von Philippas herabgebeugter Gestalt sehen konnte, daß Frau Winchesters Kleid am Halse zurückgeschlagen war und an dem letzteren eine Kette von Edelsteinen strahlte, welche nach ihrem Glanz und ihrem Aussehen nur die von uns gesuchten sein konnten.

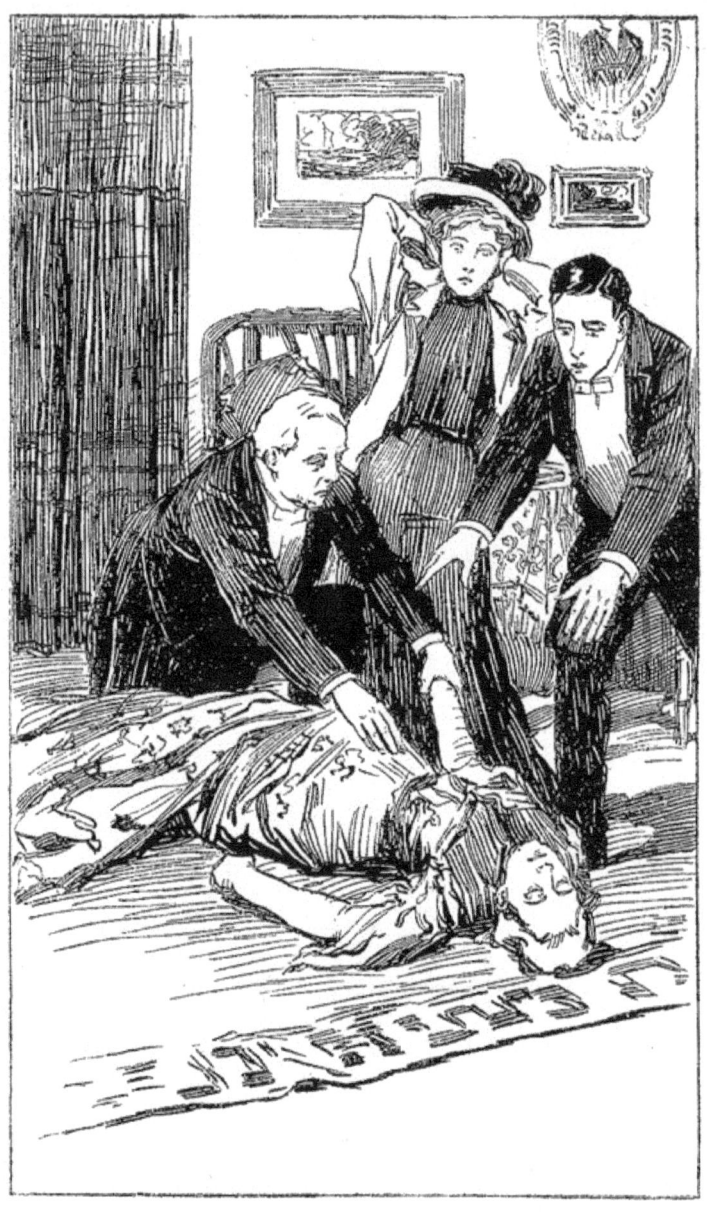

Das war die Krone aller Ueberraschungen dieses Abends.

Die Diamanten! die Diamanten! rief Herr Winchester, und unbekümmert um den noch ohnmächtigen Zustand seiner Frau öffnete er das Halsband und nahm es ihr ab, um es vor sich hinzuhalten und zu betrachten, als könnte er sein Glück kaum fassen.

Herr Sutton und Philippa warfen nur einen erstaunten Blick auf die Steine; dann wechselten sie einen Blick und machten sich daran, ihrer Mutter beizustehen.

Ich war am gründlichsten überrascht von allen.

Man brauchte nur wenige Minuten, um Frau Winchester wieder zu sich zu bringen; ich beschäftigte mich inzwischen damit, ihren Gatten zu beobachten. Er hatte die Steine in die Tasche gesteckt und betrachtete nun seine Frau mit einem halb finsteren, halb mitleidigen Blick. Aber bei ihrer ersten Bewegung war er voll Aufmerksamkeit für sie, während Herr Sutton und Philippa sich zurückzogen, als fürchteten sie sich, ihrem starren Auge zu begegnen. Ihre Gefühle waren begreiflich. Schrecklich war der Ausdruck, mit dem sie von dem Sofa, auf das man sie gelegt hatte, sich erhebend, alle ringsum anschaute. Aber plötzlich und ehe sie sprechen konnte, fühlte sie die Kühle an ihrem Hals, und während sie rasch ihre Hand darnach ausstreckte, ging eine große Veränderung mit ihr vor.

Wer – wer hat sich unterstanden? begann sie; aber hier begegnete sie dem Blick ihres Gatten; dies raubte ihr die Selbstbeherrschung; sie tastete nach einem Stuhl und ließ sich hineinfallen.

Wenn du nach deinen Juwelen suchst, bemerkte der Gatte, ich habe sie; es war eine eigentümliche Grille von dir, sie unter anstatt über dem Kleid zu tragen, dann zu vergessen, wohin du sie gebracht hattest, und dir zum Schluß einzubilden, sie seien gestohlen worden.

Sie erhob ihre schmale weiße Hand wie abwehrend, aber ihr herrischer Sinn schien gebrochen, und in ihren Augen schimmerte etwas wie Tränen.

Lawrence! rief sie mit gebrochener Stimme; was habe ich nicht für dich getan, und so belohnst du mich dafür!

Mutter, sagte der junge Mann, Philippas Hand fester fassend; konntest du eine bessere Belohnung dafür verlangen, als das neue Leben, das ich dir zeige? Vor einem Jahr noch war ich die Schande und der Kummer dieser Familie: die Welt hatte nur Verachtung und du nur mitleidige Duldung für mich. Heute kann ich durch alle Straßen gehen und brauche den Blick vor niemand niederzuschlagen; ich bin wieder ein Mann und diesem – diesem teuren Mädchen habe ich es zu danken. Ist das nicht genug, um dich die unbedeutenden Nachteile übersehen zu lassen, die wohl deinen Stolz verletzen, dein Herz dagegen nicht beeinflussen können?

Aber Frau Winchester war nicht darnach geartet, sich durch solche Ausführungen rühren zu lassen. Vielmehr schien es, als gäben sie ihr ihr früheres selbstbewußtes Wesen einigermaßen zurück.

Die Liebe deiner Mutter war also nicht hinreichend, um dir wieder zum Bewußtsein zu bringen, was du dir selbst und ihr schuldig warst? Meine Opfer, meine Teilnahme, meine Bemühungen, dich angesichts des Tadels der ganzen Welt zu stützen, das alles galt dir nichts. Da mußte erst so ein Zierpüppchen kommen und dir zulächeln, eine Kammerzofe, eine –

Mutter, unterbrach sie der Sohn diesmal in strengem Tone, Philippa ist eine Dame und ist außerdem meine Frau, nimmt also dieselbe gesellschaftliche Stellung ein wie du. Wir wollen nicht bitter, sondern dankbar sein. Für mich ist mit ihr ein Engel in mein Leben getreten. Klug war das nicht; aber wann wäre die Liebe jemals klug gewesen?

Frau Winchesters Züge verhärteten sich, und sie stieß ein verächtliches Lachen aus.

Ein Engel, der meinen Sturz verursacht hat, sagte sie. Wie kannst du glauben, daß hinfort zwischen mir und meinem Gatten noch irgendein Vertrauen herrschen könne, nachdem er entdeckt hat, daß ich ihn hintergangen habe, hintergangen aus Liebe zu dir?

Für mich?

Ja; du kannst mit meinem Herzen spielen, meinen Stolz für nichts achten, vor meinen Augen meine Kammerzofe heiraten, ohne dir Rechenschaft darüber zu geben, ob du dir alles dies herausnehmen konntest, ohne dich zu fragen, welchen Preis deine Mutter für deine Laster bezahlt hat, die du nicht einmal imstande warst, zum Danke für ihre Nachsicht zu bereuen und zu unterlassen.

Mutter, was meinst du damit? Ich verstehe dich gar nicht. Was für einen Preis hast du für meine Laster bezahlt?

Sie lächelte ironisch.

Es ist an der Zeit, daß du dafür einige Neugier an den Tag legst.

Dann fuhr sie mit einem Seitenblick auf ihren Gatten voll Bitterkeit und Verzweiflung fort:

Hast du dich jemals gefragt, woher das Geld kam, mit dem ich vor zwei Jahren deine Schulden in Paris bezahlt habe?

Nein – das heißt, ich setzte natürlich voraus, es komme aus deiner eigenen Tasche. Herr Winchester ist ein reicher Mann –

Und ich, seine Frau, muß deshalb eine reiche Frau sein! Nun ja, mag sein; aber selbst reiche Frauen haben nicht immer hunderttausend Franken zur Verfügung, und das war die Summe, die ich dir gab. Woher meinst du, daß ich sie bekam? Von ihm nicht, das zeigt sein Gesicht nur zu deutlich.

Woher denn, Mutter – woher denn? sag' es mir, denn ich –

Bei diesen Worten trat Herr Winchester einen Schritt vorwärts und mit leichenblassem Gesicht sagte er:

Sie soll nun auf *meine* Fragen antworten. Du hast deinem Sohn, diesem nichtswürdigen Menschen, vor zwei Jahren hunderttausend Franken gegeben?

Sie neigte das Haupt und zitterte dabei vor Aufregung.

Es war eine große Summe, fuhr er fort, eine große Summe! Es wundert mich nicht, daß du Anstand nahmst, mich darum zu bitten. Er hätte sie niemals bekommen, niemals. Ich staune, daß du einen Freund gefunden hast, der Lust hatte, so viel Geld zum Fenster hinauszuwerfen.

Es war ein Freund, murmelte sie. O, William, fuhr sie fort und ihre Stimme klang fast bittend, wir haben niemals Kinder gehabt, du weißt nicht, was es heißt, einen Sohn zu lieben. Ihn in Gefahr, in Schande oder Not zu sehen, ohne sich zu bemühen, ihm zu helfen, ist unmöglich. Du mußt einem Mutterherzen etwas zugute halten.

Aber dieses Geld – diese Tausende – wo, wo kamen sie her?

Sie errötete und ließ das Haupt sinken; aber bald hob sie es wieder in ihrem gewohnten Stolze und fragte nun ihrerseits: Herr Winchester, warum ließt du mich rufen, während ich mich für die Gesellschaft ankleidete, um mich zu fragen, ob ich meine Diamanten anzulegen gedenke – es würde dir Vergnügen machen; warum bemerktest du ferner, du möchtest sie anonym einem Händler zeigen?

Warum? Nun, weil – jetzt kam die Reihe an ihn, rot zu werden – ich sie eben gerne einem Händler zeigen möchte.

Und was hat ein Händler mit meinen Diamanten zu tun?

Nichts. Eine Grille von mir. Ich wollte mir einmal sagen lassen, was sie wert sind.

Weißt du es denn nicht?

Sie sprach ganz leise, und ihre Blicke brannten auf seinem Gesicht.

Nur annähernd – nur annähernd.

Sie ließ den Blick sinken, den sie auf ihn geheftet hatte, und trat einen Schritt näher, ohne sofort zu sprechen.

Was ist das? rief er. Warum zögerst du, aus meine Fragen zu antworten?

William, sagte sie, wäre es nicht richtiger, zu fragen, warum ich, eine ehrbare Frau, zu dem Auskunftsmittel gegriffen habe, meine eigenen Juwelen zu stehlen, um sie nicht in dritte Hand kommen zu lassen?

Vielleicht, murmelte er; doch will ich darauf nicht eingehen. Kein Weib trennt sich gerne von einem solchen Schmuck, sei es auch nur für wenige Tage.

Sie lachte.

Aber eine Frau versteigt sich nicht zu einer strafbaren Handlung, wobei sie sich polizeilichen Nachforschungen und den Zudringlichkeiten eines Detektivs aussetzt, lediglich um einen Schmuck, auch den kostbarsten, behalten zu dürfen. Dazu gehört ein anderer Beweggrund – die Furcht vor einem größeren Uebel, als jene es sind – die Angst vor dem Verlust der Liebe, des Vertrauens ihres Gatten – vor – vor –

Weib, was hast du getan? Was für ein Geheimnis steckt hinter all diesen Reden?

Nur ein kleines; ein ganz kleines. William, beharrst du dabei, die Steine morgen einem Händler zu zeigen?

Ja, um ihren Wert feststellen zu lassen.

Tue es lieber nicht.

Warum?

Weil er dir ins Gesicht lachen würde. William, die Steine sind falsch – falsch; nicht ein einziger Diamant ist darunter; *alles Glas, wertloses Glas!*

Ungläubig starrte er sie an; dann zog er das Halsband aus der Tasche und hielt es gegen das Licht. Der Glanz, den es ausstrahlte, schien ihn zu beruhigen.

Du treibst deinen Spott mit mir, meine Gnädige. Sieh nur, wie sie funkeln und das Licht zurückwerfen. Du wolltest sie nur nicht hergeben. Vielleicht bist du besorgt, ganz darum zu kommen.

Ich sage dir, sie sind falsch, beharrte sie. In Paris habe ich sie vertauscht; ich bekam hunderttausend Franken nebst diesen unechten Steinen für das Halsband. Wären sie nicht so meisterhaft gearbeitet gewesen, meinst du, ich würde den Versuch gewagt haben, sie ein ganzes Jahr lang in jeder Gesellschaft zu tragen?

Millicent, Millicent, ist das wahr? Er sah mehr als zornig, mehr als bekümmert aus. Sie selbst schien erstaunt über die Heftigkeit der Gemütsbewegungen, die ihre Erklärung bei ihm hervorgerufen.

Ja, gab sie zurück, es ist wahr. Und dabei richtete sie den Blick auf ihren Sohn, der beschämt und Herwirrt neben seiner jungen Frau stand. Das habe ich für dich getan, erklärte sie. Während du Begeisterung und Wonne in Philipp« Irwins Lächeln suchtest, trat ich vor die Augen der Welt mit einer Kette falscher Steine um den Hals und mit der Angst im Herzen vor einem Auftritt, wie wir ihn jetzt erleben, und wie er morgen noch schlimmer folgen wird.

Mutter –

Keine Worte jetzt! Ich bin fertig mit dir, Lawrence Sutton; jetzt will ich sehen, ob ich den Gatten ebenso verlieren soll, wie den Sohn.

Aber Herr Winchester war nicht in gefühlvoller Stimmung. Er hatte das blitzende Geschmeide von sich geworfen und stand mit verschlungenen Händen und zuckenden Brauen neben der Türschwelle. Während sie sprach, hatte er die Tür aufgerissen, und bei ihren letzten Worten warf er ihr nur noch einen Blick zu, um dann draußen auf dem Vorplatz zu verschwinden.

Sie blieb stehen, und machte keinen Versuch, ihm zu folgen.

Es ist die Täuschung, hörte ich sie murmeln. Aus ein paar Tausenden könnte er sich nicht so viel machen, und damit trat ein Zittern auf ihre stolze Lippen, ihre herrische Haltung brach zusammen und der Tür zuwankend streckte sie beide Hände von sich, als hätte sie alles vergessen außer der Liebe zu ihrem Gatten. William! schrie sie, William!

Aber ihr Sohn stand bereits zwischen ihr und der Tür.

Mutter, rief er, du sollst mich anhören. Wenn du mich auch für gleichgültig gehalten hast, so hat meine Schuld dir gegenüber doch schwer auf mir gelastet. Natürlich wußte ich nichts von dem Opfer, das du gebracht hast, um mir diese große Summe zu geben. Ich nahm an, sie komme, wie du mich selbst glauben ließest, von deinem Gatten; aber selbst so hat sie mich bedrückt, und ich habe oft mit Angst daran gedacht, wie ich sie dir wieder erstatten sollte. Ich fand kein Mittel dazu. Aber um dir zu beweisen, daß meine Gewissensbisse sich nicht lediglich in bloßen Gedanken erschöpften, will ich dir nun das Geheimnis meiner Abwesenheit Abend für Abend enthüllen. Ich arbeite, Mutter, arbeite wie ein Sklave, um mir eine Stellung zu erringen, die mir einst den Unterhalt für mein Weib und außerdem eine hübsche Summe jedes Jahr für meine Mutter verschaffen wird. Und wenn in diesem Fall ich mir irgendeinen Luxus oder Philippa irgendwelchen Schmuck gestatte, bis derjenige ersetzt ist, von dem du dich mir zuliebe getrennt hast, dann magst du sagen, du seiest fertig mit Lawrence Sutton; aber nicht jetzt, solange wirklich noch Hoffnung für ihn vorhanden ist, sich als deinen Sohn zu erweisen.

Aber die Schranke, die er zwischen ihnen beiden durch seine Heirat errichtet hatte, war zu gewaltig, um sich in einem Augenblick niederreißen zu lassen. Mit ein paar verächtlichen Worten des Abschieds verließ sie ihn und begab sich hinauf in ihr Zimmer.

Ich hoffte, sie würden ihr folgen und ich mein Gefängnis verlassen können; aber sie hatten einander zu viel zu sagen, zu viel Erklärungen zu geben. Ich sollte noch einer vertraulichen Unterredung anwohnen. Philippa, welche, sobald sie allein waren, eine ganz andere Haltung angenommen hatte, als in Frau Winchesters Gegenwart, wartete, bis bei ihrem Gatten das erste Gefühl der Kränkung sich etwas gelegt hatte, dann wandte sie sich zu ihm und zog ihn, seine beiden Hände in die ihrigen nehmend, neben sich auf das Sofa.

Lawrence, sagte sie mit einer nach dem eben vorübergegangenen leidenschaftlichen Auftritt unendlich gewinnenden weiblichen Sanftmut, glaubst du mir jemals vergeben zu können?

Vergeben, dir, dem Idol meines Herzens! Was soll ich dir vergeben? Den Trost für meine Vergangenheit, die Hoffnung für meine Zukunft?

Nein, nein, murmelte sie, daß ich dich geheiratet habe, daß ich –

Philippa, rief er, während er ihr Gesicht sanft erhob und ihr lang und ernst in die Augen blickte, du bist mein Weib. Die heiligen Worte, die uns vereint haben, sind kaum erst verklungen. Laß uns jenen Augenblick, der nie wieder zurückkehren wird, nicht durch irgendeine Silbe des Zweifels an der Vernünftigkeit oder dem glücklichen Erfolg unseres Schrittes entweihen! Laß uns die Wonne genießen, einander alles in allem zu sein und den Kummer, den wir später vielleicht in der Erkenntnis finden müssen, daß wir, um unser Glück zu begründen, anderen Enttäuschungen bereiten mußten, kommenden Stunden vorbehalten!

Aber – aber –, stammelte sie, du verstehst nicht; ich meine, daß ich dich heute abend so in aller Eile geheiratet habe, entgegen allen meinen Erklärungen und allen Entschlüssen, die ich gefaßt hatte. Und du meinst, ich werde dich dafür tadeln? Mein Herz hat gehüpft vor Freude, als du mir aus dem Vorplatz ins Ohr flüstertest: »Ich bin bereit, Lawrence, bereit zu tun, um was du mich so oft und so dringend gebeten. Ich will heute abend vor den Altar mit dir treten, wenn es dir recht ist.«

O! rief sie, und Schamröte übergoß ihre Züge, die mit jedem weiteren Augenblick liebreicher wurden, so daß ich mich schließlich wunderte, nicht auf den ersten Blick gesehen zu haben, daß sie schön war. In jedem deiner Worte liegt ja ein Vorwurf; du bringst mir damit zum Bewußtsein, daß niemand so viel Treue und Liebe weniger verdient, als Philippa Irwin.

Philippa Sutton, Herzchen, verbesserte er lächelnd.

Diese Worte schienen sie betroffen zu machen. Sie schaute ihn einen Augenblick lang sehr ernst an. Ja, stimmte sie bei. Was von Philippa Irwin vernünftig war, mag von Philippa Sutton nicht vernünftig sein. Aber Aufrichtigkeit ist stets vernünftig, und ich kann unser Zusammenleben nicht beginnen mit dem Schatten einer Falschheit im Herzen. Auf die Gefahr hin, deine Liebe zu verlieren, dich auf Nimmerwiederkehr von mir wenden zu sehen, muß ich frei und offen aus Herzensgrunde mit dir reden. Lawrence, ich würde dich heute abend nicht geheiratet haben – wäre das Verschwinden dieser Diamanten nicht daran schuld gewesen.

Philippa!

Ich weiß, ich weiß, ich hätte dir trauen sollen. Ich hätte sehen und fühlen sollen, daß du einer so niedrigen, schlechten Handlungsweise, wie mein Verdacht sie mir vorspiegelte, nicht fähig seiest. Aber, wie ich hinaufkam, während deine Mutter sich unten befand, hatte ich gesehen, wie du auf den Zehenspitzen in ihr Zimmer tratest und schon im nächsten Augenblick ebenso vorsichtig wieder herauskamst und dabei etwas Glänzendes in der Brust verbargst. Dies hatte ich gesehen, und wenn ich auch im Augenblick nichts dabei dachte: als ich sie aus dem hinteren Zimmer, in das ich getreten war, zurückkommen und an den Kaminrand treten sah, wo sie einen Augenblick stillstand und ihren Schmuckkasten betrachtete, um dann ans Fenster zu eilen und es aufzureißen, dann wieder auf den Vorplatz herauszustürzen mit dem Ruf, ein Dieb müsse von der Straße eingestiegen sein und sie mit fortgenommen haben, da geriet ich in Furcht und Zittern. Denn – das ist meine einzige Entschuldigung, Lawrence, ich konnte mir nicht träumen lassen, daß sie diesen Augenblick, wo sie sich am Kamin aufhielt, sich zunutze gemacht hatte, um den Schmuck aus dem Kasten zu nehmen und an ihrem Busen zu verstecken. Dies würde die Kenntnis von Tatsachen und Beweggründen vorausgesetzt haben, die mir notwendig fremd sein mußten. Sie war Frau und Mutter, die, wie ich glaubte, ihren Sohn gut kannte, während ich nichts weiter war, als ein einfaches, liebendes Mädchen. Aber sieh, das einzige Unrecht, wenn es sich überhaupt um ein solches handelt, hat sie selbst begangen, während du –

Sie ließ den Kopf auf die Brust sinken, während ihr die Tränen kamen.

Einen Augenblick lang ließ er sie weinen; dann griff er mit einer langsamen, mechanischen Bewegung in seinen Busen und zog ein einfaches Armband aus silbernen Ringen hervor, das er ihr hinhielt.

Das ist es, was ich suchte, sagte er, und das habe ich mit herausgenommen. Ich hatte es auf dem Sofa liegen sehen, Philippa, als ich vor dem Essen drinnen war, meine Lippen brannten darnach, es zu küssen, und –

O Lawrence! rief sie aus, mein Armband! Dann verstummte sie, wahrend er den Blick mit einem stummen Vorwurf auf ihre Züge heftete, der ihr sichtlich tief ins Herz schnitt. Schließlich vermochte sie es nicht länger zu ertragen; sie erhob ihr Haupt und richtete einen Blick auf ihn. Dies schien ihn wieder zu sich selbst zu bringen. Er faßte ihre Hand und sprach nur die wenigen inhaltschweren Worte: Und trotzdem bist du mein Weib geworden!

Die Blässe ihrer Wangen machte nun einer Röte Platz, die sie mit bestrickendem Reiz übergoß.

Ich bitte dich, versetzte sie leise. Ich wußte, oder hatte mir wenigstens sagen lassen, daß die Frau nicht als Zeugin gegen ihren Mann aufgerufen werden könne.

Mit einem plötzlichen Ausruf schloß er sie leidenschaftlich in die Arme. Er sagte ihr nicht, daß diese Gesetzesbestimmung längst nicht mehr in Geltung stehe; er flüsterte ihr nur Worte der Liebe und des Trostes zu, und als sie zehn Minuten darauf das Zimmer verließen, und ich endlich imstande war, aus meinem Versteck und aus dem Hause zu entrinnen, nahm ich die Ueberzeugung mit, daß ich zwei edle Herzen verließ, deren Glück – wenn auch nicht im äußerlichen Sinne des Wortes – gesichert war.

Als ich den Verlauf der Geschichte Herrn Gryce erzählte, brach er in ein herzliches Lachen aus und meinte:

»Manchmal ist der Zufall der beste Detektiv.«

»Auf jeden Fall,« setzte er nach einem Augenblick des Nachdenkens hinzu, »beruhigen Sie den guten Randall über die Ehrenhaftigkeit seines Schützlings!«

In aller Frühe sandte ich am nächsten Morgen ein paar Zeilen an Herrn Randall, die jeden Zweifel an Herrn Suttons Ehrlichkeit und aufrichtiger Sinnesänderung, den er noch hegen mochte, endgültig beseitigten. Mit Erfüllung dieser Pflicht hielt ich die Geschichte für beendet, soweit sie die Außenwelt anging. Aber das war nicht der Fall. Kaum waren drei Tage verflossen, als die Gesellschafts- und die Geschäftswelt Neuyorks in Staunen und Bestürzung versetzt wurde durch die Kunde, daß Herr Winchester mit Hinterlassung ungeheurer Schulden und ohne irgendwelche Mittel zu deren Deckung aus der Stadt verschwunden sei. Jetzt erst begriff ich seine leidenschaftliche Angst wegen der Diamanten. Einem Mann, der am Rande des Ruins schwebt, mögen fünfundzwanzigtausend Dollars wohl als Rettungsanker erscheinen. Jedenfalls ist es eine runde Summe, mit der man sich leichter aus dem Staube macht, und so mußte ihr Verlust ein schwerer Schlag für ihn sein. Seine Gattin, mit ihrem stark ausgeprägten Hochmut, erholte sich nie mehr von dem Stoß, den dieser Vorfall ihr versetzte. Als der letzte Wagen von dem

Hause wegfuhr, das sie nun verlassen mußte, war ihr unbeugsamer Sinn gebrochen, und das geknickte, gebeugte Weib mußte sich zuletzt dazu verstehen, ihr Heim bei dem Sohne, den sie verstoßen, und bei dessen Frau aufzuschlagen, auf die sie einst so hochmütig herabgesehen.

Über tredition

Eigenes Buch veröffentlichen

tredition wurde 2006 in Hamburg gegründet und hat seither mehrere tausend Buchtitel veröffentlicht. Autoren veröffentlichen in wenigen leichten Schritten gedruckte Bücher, e-Books und audio-Books. tredition hat das Ziel, die beste und fairste Veröffentlichungsmöglichkeit für Autoren zu bieten.

tredition wurde mit der Erkenntnis gegründet, dass nur etwa jedes 200. bei Verlagen eingereichte Manuskript veröffentlicht wird. Dabei hat jedes Buch seinen Markt, also seine Leser. tredition sorgt dafür, dass für jedes Buch die Leserschaft auch erreicht wird.

Im einzigartigen Literatur-Netzwerk von tredition bieten zahlreiche Literatur-Partner (das sind Lektoren, Übersetzer, Hörbuchsprecher und Illustratoren) ihre Dienstleistung an, um Manuskripte zu verbessern oder die Vielfalt zu erhöhen. Autoren vereinbaren direkt mit den Literatur-Partnern die Konditionen ihrer Zusammenarbeit und partizipieren gemeinsam am Erfolg des Buches.

Das gesamte Verlagsprogramm von tredition ist bei allen stationären Buchhandlungen und Online-Buchhändlern wie z. B. Amazon erhältlich. e-Books stehen bei den führenden Online-Portalen (z. B. iBookstore von Apple oder Kindle von Amazon) zum Verkauf.

Einfach leicht ein Buch veröffentlichen: **www.tredition.de**

Eigene Buchreihe oder eigenen Verlag gründen

Seit 2009 bietet tredition sein Verlagskonzept auch als sogenanntes "White-Label" an. Das bedeutet, dass andere Unternehmen, Institutionen und Personen risikofrei und unkompliziert selbst zum Herausgeber von Büchern und Buchreihen unter eigener Marke werden können. tredition übernimmt dabei das komplette Herstellungs- und Distributionsrisiko.

Zahlreiche Zeitschriften-, Zeitungs- und Buchverlage, Universitäten, Forschungseinrichtungen u.v.m. nutzen diese Dienstleistung von tredition, um unter eigener Marke ohne Risiko Bücher zu verlegen.

Alle Informationen im Internet: **www.tredition.de/fuer-verlage**

tredition wurde mit mehreren Innovationspreisen ausgezeichnet, u. a. mit dem Webfuture Award und dem Innovationspreis der Buch Digitale.

tredition ist Mitglied im Börsenverein des Deutschen Buchhandels.

Dieses Werk elektronisch lesen

Dieses Werk ist Teil der Gutenberg-DE Edition DVD. Diese enthält das komplette Archiv des Projekt Gutenberg-DE. Die DVD ist im Internet erhältlich auf **http://gutenbergshop.abc.de**

FSC
www.fsc.org
MIX
Papier | Fördert
gute Waldnutzung
FSC® C083411

Zeitfracht Medien GmbH
Ferdinand-Jühlke-Straße 7
99095 Erfurt, Deutschland
produktsicherheit@kolibri360.de